尾崎左永子

青磁社

「明星」初期事情　晶子と鉄幹＊目次

I 「明星」初期と晶子

「明星」初期論序説 010
はじめに 014
鳳晶子をどうよむか 015
紅き花は単に恋の花か 021
恋わすれ草と古典の影響 028
「みだれ髪」のネーミング 030
「京の子」考 035
ミュシャの模倣 039
「京の子」考・続 045
月ヶ瀬 049
薊(あざみ)の花 051
ルシファーと表紙絵 056
白馬会 062
晶子と椿 065

晶子と古典 068
王朝和歌の影響 068
『源氏物語』と晶子 072
『栄花物語』と晶子 077
その他の古典と晶子 080
与謝野晶子・古典関係リスト 082
清々とした気迫——晶子の書 087
仏蘭西の野は火の色す——晶子の色彩感 091
「明星」そして「冬柏」 100

Ⅱ 「明星」の女流歌人

近代短歌女性史より 106
山川登美子の場合 106
「明星」初期の女流歌人 119
1 はじめに 119
2 「明星」以前・女流不在のこと 120

3 鉄幹、ジャンヌ＝ダルクを仕立てること 122
4 女流、花の名に呼び合うこと 125
5 薊女史即ち白萩のこと 129
6 星菫調と星の子のこと 133
7 「明星」初期女流展望のこと 134
8 おわりに 137
青春の白百合 139
自律の姿勢 146
晶子の鎌倉・かの子の鎌倉 152

Ⅲ 座談・講演記録

素顔の与謝野晶子 158
文化学院での晶子 158
晶子の美しさ 161
十二人の子の母 163
晶子と寛 165

名プロデューサー・寛 167
天才・晶子と〝弟の力〟 170
叱咤された堀口大學 173
晶子と『源氏物語』 176
はじめに 176
晶子と『源氏』の出会い 177
『源氏』を読む 178
晶子の現代語訳 181
五十五歳からの『源氏』全訳 183
『源氏』からのメッセージ 188
源氏香のこと 190
「源氏香」の遊びと図柄 193
おわりに 196
跋 198

「明星」初期事情　晶子と鉄幹

Ⅰ　「明星」初期と晶子

「明星」初期論序説

与謝野鉄幹を中心とする詩歌結社「東京新詩社」が、機関誌「明星」を創刊したのは明治三十三年四月のことであった。最初は新聞型十六ページの簡素なものながら、和歌革新の意気に支えられ、六号に至って四六倍判六十八ページの堂々たる雑誌となり、消長を経つつも明治四十一年十一月の百号終刊に至るまで、詩歌壇に大きな影響を与えつづけた。その後大正十年の第二次「明星」、昭和二十二年の第三次「明星」の発刊があったが、いずれも影響力はもたなかった。

ここでいう「明星」は第一次の百号までを対象とするが、その「初期」とは、創刊号から、「明星」の声価のようやく確立した明治三十四年末、「明星十八号」までの期間を筆者は想定している。

「明星」百号の活動期はたかだか十年の短期間にすぎなかった。しかし、その短期間に、千年の伝統をもち、その形骸化の中に束縛されていた和歌を、みごとに呪縛から解き放った功績は奇跡に近い。しかもその中から数多の新しい作家たちを生み、その影響は単に短歌の分野に止まらず、文学全体、文化全体にも及んでいる。このような「明星」の、(1)短歌近代化の推進 (2)文学運動としての意味 (3)次代の文学の種を蒔いた母胎としての意義、などは、いうまでもなく基本的な特色といえる。

しかしここでは、もう少しその特色を「初期」に絞って考察を加えたい。

(1) 鉄幹自身のグローバルな視野　鉄幹の最初の短歌革新についての論説「亡国の音」(明27)では、鉄幹は他の短歌革新論と同様、〃万葉に還れ〃の方向をとっており、王朝和歌の形骸化から脱出するには「ますらをぶり」をとり戻すことだ、と論じている。しかし「明星」創刊時には一転して、ヨーロッパの文学に熱い視線を向けている。むろん、ゲーテ、ハイネ、バイロンなどの詩の影響はすでに色濃く文学界に及んでいたが、それを伝統詩の中にとり入れようとする視野のひろさは、「明星」に新鮮な息吹きを与え、同時に青年たちの心的ニーズに応えることとなった。和歌を「国詩」と表現しているのも、英詩、独詩、仏詩に並ぶ詩としての考えによる。創刊号に梅沢和軒の「アストン氏の和歌論」を掲載して英訳詩との比較を披露するなど、その配慮の底に、当時の和歌改良論とははっきり一線を引いた視野を感じさせる。

このことは鉄幹自身が、新詩社結成までの青少年期に、かなり深く漢詩文、経典、英語の素養を身につけていたことと無縁ではないだろうし、渡韓による政治的歴史的視野の拡大も影響があろう。いずれにしても、万葉の原点に戻るという日本の古典文化の中でのよみがえりの方向から、西欧風な象徴詩と浪曼調を積極的に採り入れる方向に転換したところに、「明星」発展の起点がある。

(2) 自我の詩の自覚　鉄幹は「自我独創の詩」を強調し、同時に「新詩社は社友の交情ありて師弟の関係なし」と言い切った(新詩社清規)。このことはお稽古事として教養化していた和歌を、文学の域に解き放つきっかけとなり、短歌近代化の基となった。現代の短歌結社の現状よりも基本的にはむしろより新しい。

(3) 素人性(アマチュア) 最初の清規に「一、本社は専門詩人以外に和歌及新体詩を研究する団体也」とある。つまり既成の専門詩歌人は相手にしない、という所から出発している。前項とも関連するが、歌門に入って師から伝授をうけるという形でなく、ひろく文学愛好者の集合をよびかけたところに新機軸があり、鉄幹のすぐれた視点がある。素人を糾合するところに着眼したからこそ、既成歌壇から独立の新風を捲き起こし得たのである。

(4) 女性作家を先頭に立てたこと 素人の中でも、才能ある若い女性を優遇したことも、鉄幹の秀れたプロデューサー感覚を示している。明治三十年代、まだまだ封建性のつよい社会であり、とくに上流社会の教養でもあった和歌は、古くて雅びなものとして一般には受けとられていた。しかし女性は、一旦これと信ずると、ほとんど一途に行動する。鉄幹は鳳晶子、山川登美子の才能を掘り出し、自信を与え、和歌の旧弊を一気に打破する車の両輪とした。二人の恋心を利してほとんど殉教的な女戦士に仕立てたのである。このことが後に結社内の反鉄幹の気運を生んでしまったにしても、女流の力なくしては「明星」の強力な開花はあり得なかった。晶子・登美子以外にも多くの女性が鉄幹に育てられ、同時に「明星」を支えた。

(5) 絵画との連繫 「明星」は創刊号以来、一条成美、長原止水などの表紙・挿絵を多くとり入れ、後には藤島武二が長く協力した。同時に写真や、図書票のデザイン、あるいはページごとのカット絵など、ビジュアルな面での配慮は当時としてはまことに斬新なものがある。黒田清輝、和田英作などパリ白馬会との交流が誌面を飾り、展覧会時評などもあって、眼の広さに魅力がある。全体的にアール＝ヌーヴォーのつよい影響下にあり、一条成美のカットは、流行のミュシャのポスターの丸写しであった。八号の裸体画の複刻は発禁の対象にもなった。同時に、良質の紙を使った贅沢な組版も、ビジュアルの面で青年たちの心を捉えたのである。

⑹ 命名（ネーミング）の巧みさ　鉄幹のネーミングは天才的で、日本的・古典的・伝統的なことばも、無条件に踏襲することなく、近代的フィルターを通して使う所があり、それぞれ時宜に適した斬新さをもつ。江戸の端唄風の「みだれ髪」の名称がのちにそのままモダンな感覚の歌集名として新生しているのもその一つである。

このような特色にささえられた初期「明星」は、当然のように時代の先端を、波を切って船出していったのである。

「文藝論叢」一九九二・三

はじめに

近代文学研究のもっとも難しい点は、あまりにも資料・情報が多く、かつ、近親者をふくめて、その人に寄せる思い入れが深いために、新しい小さな事実の発掘が、しばしば評価への混乱をひき起こす場合がある、というところにあろうか。

与謝野鉄幹・晶子についても、ようやくさまざまな生(なま)の証言も自然淘汰され、その経歴、その作品、その人間像について、少しずつ解明が積み重ねられて、基礎研究は一通り出そろった感じがある。これからが、鉄幹・晶子を中心とする新詩社、ならびに雑誌「明星」の、近代文学史上の評価をあらためて考える時期であろう。

はっきりいえば、「明星」初期の作品は、すでに古典の域に入ってきており、現代文学としてよりも、古典文学の方法によって接近できるようにも思われる。

鉄幹・晶子に関しては、新間進一氏のすぐれた研究をはじめ、多くの研究書が現れてはいるが、私はむしろ、「明星」という雑誌そのものの中から、いくつか基礎的な資料を探り、確定しておく作業をしておきたいのである。

さいわい第一期「明星」は完全な複刻版（臨川書店・昭54）が刊行されているので、原点に立ち戻って、「明星」を読み込むことによって、今まであいまいになっていた「明星」の人々の動向を知り、作品の裏づけとしたいと思う。

「明星」は近代短歌史上の一つの大きな展開点となった。また女性史の上からも興味のある対象である。ただ、その作品は、まことに個人的であるために、人と人との関係を見きわめていかないと、意味がわからない場合がしばしばある。その上、その複雑な人間関係は、「明星」から拾い上げて羅列するだけではとてもわかりにくい。

そのために「明星」初期の像を立体化して、わかりやすく理解する目的で、すでに「明星の五人・恋ごろも」(「短歌」昭59・10〜61・8)を書いた(昭63・角川選書)。青春群像の立体化はある程度成功したと思うが、一方では資料的な新しい発見や確信を、明確に記すことができない面もあった。その補完的な意味もふくめて、この稿を進めていきたい。

鳳晶子をどうよむか

鳳晶子の名が「明星」にはじめてみえるのは、第二号(明33・5)である。

「花がたみ」と題された六首は、

しろすみれ桜がさねか紅梅か何につつみて君に送らむ

を中にして、まだ多分に旧派のおもかげをのこしているものの、他の「新詩社詠草」に加えることをせず、わざわざ独立させているのは、主筆鉄幹の眼力が、晶子の素質を見ぬいたからであろう。同号掲載の和歌には、落合直文をはじめ、佐佐木信綱、金子薫園、竹の里人(正岡子規)、与謝野鉄幹らの顔ぶれがみえるが、女性として最高の十首を組まれているのは中濱糸子である。

中濱糸子はジョン万次郎の孫娘で、当時鎌倉で療養中であったようだが、晶子と同じく二号から登場してくる。ただし、二号から第一面に設けられた目次の欄「本号掲載要目」には、中濱糸子の「紅鶯集」は入っていても、晶子の「花がたみ」の字はみえない。あるいは第一面の割付け後に届いた原稿を入れたものであろうか。

二号の発刊は明治三十三年五月一日であるが、同号に載った子規の「病床十日」には四月十三日の日付があり、約半月で原稿の割付けから校正印刷までを一気に、ほとんど鉄幹一人で仕上げているわけで、その熱意には圧倒されるものがある。

ところで「鳳晶子」の本来のよみ方は「ホウ・ショウコ」である。戸籍謄本によれば、明治十一年十二月七日、鳳(ほう)宗七、津祢(つね)の間に「三女・志よう」(一説に旧カナで志やうとするのは誤りか)として生まれている。(註1)

この「ショウ」が、「晶」であることは、

われの名に太陽を三つ重ねたる親ありとしも思はれぬころ　　（流星の道）

の歌からもわかるが、「明星」に載る以前、浪華青年文学会の機関誌「よしあし草」（のちの「関西文学」）明治三十二年八月号に、すでに「晶子」の字を用いている。同じ「よしあし草」の三十二年二月に、「春月」という小詩を発表したときには「鳳小舟」の号を使っていた。小舟を「ショウシュウ」と発音するとすれば、本名の音を生かしたものかもしれない。コブネとかヲブネとかよむのは、韻律的に納得がいかない。

別れてながき君とわれ
今宵あひみし嬉しさを
汲てもつきぬうま酒に
薄くれなゐの染いでし
君が片頬にびんの毛の
春風ゆるくそよぐかな………

とはじまる「春月」には、まがりなりにも新時代の新体詩の雰囲気を身につけようとする、若い晶子の感受性がかすかによみとれる。この会には、河井酔茗を中心に、中村春雨、高須梅渓、伊良子清白（すずしろ）、小林天眠などが加わっていた。

「明星」第三号に至ると、中濱糸子は単に「新詩社詠草」に退き、鳳晶子一人、「小扇」の題で特選欄を独占している。歌数九首であるが、一、二号の社告に「社友は毎月又は隔月に自作を送付して社幹の批閲を求む。但し短歌は廿首を限り新体詩は弐篇を限る。」とあるところをみれば、多作の晶子は当然二十首を送っているはずで、鉄幹の選歌が九首にしぼったとみられよう。

ところで、この号では、鳳晶子の「鳳」の字に「おほとり」のルビがふられている。

さゆりさく小草が中に君まてば野末にほひて虹あらはれぬ

花にそむきダビテ（ママ）の歌を誦せんにはあまりに若き我身とぞ思ふ

晶子の絢爛たる資質が、突如花ひらきはじめていて、この一ヶ月の間に、必ず、鉄幹からの「ほめことば」が晶子に届いたであろうことを思わせる。

次の「明星」四号では、「露草」の題で、山川とみ子九首、晶子七首がはじめて並列記載された。

知るや君百合の露ふく夕かぜは神のみこゝろを花につたへぬ　とみ子

五月雨についぢくづれし鳥羽殿（とばどの）のいぬゐの池におもだかのさく　晶子

いよいよ、「明星」の二閨秀がくつわを並べたのである。キリスト教の清純な匂いをまとう山川登美子、一方、与謝蕪村の影響下に、王朝の色彩を身につけはじめた鳳晶子。晶子は、正岡子規の著作「与謝蕪村」によって、蕪村に目を開かれたと述べているが、その影響は、後々までいちじるしい。ただし、ここではまだ晶子がショウコなのかアキコなのかは明らかでない。

「明星」五号では、「京扇」の題で、糸子、晶子、登美子の三人が並んでいる。「明星」二号で小さな活字によって初登場した山川登美子は、その後、とみ子、登美子の両方を用いており、中濱糸子もいと子とかなで書くこともある。しかし晶子はごく初期には「晶子」以外は用いていない。

「明星」は六号（明33・9）に至って、飛躍的な発展を遂げ、四六倍版六十八頁の堂々たる冊子となって世に出た。この時にはすでに晶子も登美子も、西下した鉄幹と面会しており、名高い「浜寺の歌会」にも参加して、はげしい気分の昂揚のうちにいた。「雁来紅」と名づけられた新詩社詠草の特選欄を占めているのは、晶子、糸子、登美子、そしてこれに林のぶ子が加わっている。

次の「明星」七号において特別待遇を受けているのは、「清怨」の題で集められた中濱いと子、山川とみ子、林のぶ子、そして「鳳あき子」の四人。いと子十首、とみ子十二首、のぶ子七首に対し、あき子じつに二十八首、そのあふれるような情感は、読む者の心を熱くしたことであろう。例の、

やわ（ママ）肌のあつき血しほにふれも見でさびしからずや道を説く君

の一首も、この一連の中にある。

この時の署名には「鳳（おほとり）あき子」と、姓にも再びルビがふられ、全体のよみ方がはっきり示されている。すなわち、「明星」でみる限り、鳳晶子を「オオトリアキコ」とよむことを明確にしているのは「明星」七号（明33・10）である。

その後、明治三十四年二月二日と推定される手紙に「あき子」の署名のあるのが確認されているが、三十三年十月まで溯れるのはたしかである。

鳳（ほう）家は鳳（おおとり）村に住んで鳳（ほう）を名乗ったというから、オオトリとよむのに不都合はないようにみえるが、のちに晶子が堺の実家を出奔して上京する際、京都粟田山で待機するのを打合せる手紙では、

「……わが名「オホトリ」はわかりにくからばイヤに候。大変なりと私おもひ候まゝ「ホウ」と遊ばして。」


とある。

また、鉄幹との同棲後に刊行された歌集『みだれ髪』では鳳晶子の名を使っているが、この本は爆発的に売れた。天下の青年たちはそのあこがれの名を「ホウショウシ」と呼ぶ者も多かったときく。漢文の雅号のように思ったものだろうか。口調がよかったせいだろうか。

なお、鉄幹は若いころ、一号のみの「鳳雛」という雑誌を出している（明25）が、この「ホウス

ウ」と「ホウショウ」の音韻的なつながりに、鉄幹が何らかの運命的暗合を感じたというようなことも、想像できないではない。

与謝野姓を名乗ってから、晶子の名はようやく「ヨサノアキコ」に定着するのである。


註1・筑摩書房・日本文学アルバム「与謝野晶子」掲載の戸籍謄本の写真による。

紅き花は単に恋の花か

明治三十三年秋、十一月五日に、鉄幹・晶子・登美子の三人は、京都永観堂に紅葉を見に行った帰り、華頂（花鳥）温泉辻野旅館に一泊した。いわゆる「粟田山の一夜」で、ここにかもし出された三つ巴の感情は、のちのちまで三人の歌に詠み継がれて、若いエネルギーを発散し、ひいては「明星」発展の大きな原動力ともなった。

この時すでに登美子は同族の山川駐七郎（とめしちろう）と婚約しており、寄宿中の大阪の姉の家から、若狭小浜の実家に帰らねばならぬ運命にあった。そのため、登美子は三つ巴の中から身をひくことになるが、帰郷の前に、晶子と会って、お互いに気持をうち明けあい、別れを惜しんだ。

その時の歌が、山川登美子の名高い一首、

それとなく紅き花みな友にゆづりそむきて泣きて忘れ草つむ

（明星八号）

である。この歌には「住の江にて摘める草にそへて」の註がついている。

その日の経緯は、「明星」八号に載った晶子の、鉄幹あての手紙にくわしい。

「ただちに彼君がり（註・かの君の許への意）とひ申しき。あれほどの心ひるがへし給ふまでの苦（くるし）みは、わが知るところ、君推したまふところ。はなれがたなの心は、つひによべともなひ帰り候。さりし夜の如（ごと）一つふすまに、まこと涙のなかの間（ま）にておはしき。（後略）」

この手紙には「十五日朝晶子」の署名がある。おそらく晶子は、帰京した鉄幹の示唆によって、大阪の登美子を訪れたのであろう。父の定めた許婚のもとに嫁ぐために、登美子は心を決めながらもなお、歌を通じて知ってしまった自由な世界を捨てることに悩み苦しんだ。永観堂から粟田山への同行の過程で、登美子は古井戸にとび込もうとさえ思いつめ、又実際に小指を切ってその血で歌を書くような、心的昂揚、あるいは異常な興奮の中にあったようである。この辺のことについては別項にゆずるが、その感情の経過が、ここにいう「あれほどの心ひるがへし給ふまでの苦（くるし）み」である。
その夜、粟田山の一夜と同じように、晶子・登美子は一つ床に共寝して、夜を徹して語り明かした。十五日の日も堺に滞在した登美子を、翌日晶子が大阪へ送っていった。しかし、まだそれでも話し足りない。再び登美子が晶子を送る形で、住の江まで同行し、そこで二時間ほど遊んで、登美子は大阪へ戻っていった。

「十六日夜、今わかれこしに候。また大阪へおくりゆき、それにて名残つきず、なほまたわれの住の江まで送られしに候。（中略）ゑみて別れしに候、かの君いまは、よりおほくかなしみいまさず候。そのあきらめゐたまふが又あはれとおもひ候。住の江にて二時間ばかりあそび候。（後略）晶子」

（明星八号）

「明星」関係の年表には、十一月十五、十六日に晶子・登美子が出会ったとされているものもあるが、この記事を信ずる限り、十四、十五、十六の三日間、白萩白百合の明星二姉妹は、誰も中に入れずに親密な時を過ごしたことになる。
若い二人の女たちの話は、自らを悲劇化することによってなお美化され、情緒的となり、綿々として尽きることがなかったにちがいない。また、話はつねに、若き師鉄幹の上を離れることはなかったであろう。

ところで、二人にとって、住の江は重要な思い出の地である。

その八月、西下した鉄幹は、関西の同志たちと度重なる歌会を開いているが、住の江と岸つづきの浜寺、高師の浜をふくめて、晶子も登美子も何度かその会合に加わった。

とくに八月九日、鉄幹と晶子、登美子、それに医学生の中山梟庵の四人は、住の江の住吉神社の境内に、月夜の蓮を見に行っている。(明星七号「わすれじ」の晶子の文章ほか)その後の三ヶ月間は、急激に深まる心情的接近の中で、それぞれがはげしい詩的昂揚に見舞われ、作品がすばらしい昇華をみせる時期に当る。

ともあれ、いま登美子は思い出の住の江に来て、「それとなく紅き花みな友にゆづり」、恋を捨てて若狭へ去ろうとしているのである。ここに「ゆづり」ということばが使われているからには、それまでは登美子は晶子と同列、もしくは多少先んじて鉄幹の心をつかんでいるという意識があったのだろう。

それにしても、ここでいう「紅き花」とは何なのか。

この場合、紅い花とは、具体的な花をさしているとみるよりも、「恋」の紅い花、という比喩的象徴であるとみるのが一般的だが、実際には歌を「摘める草」に添えたのであり、具体的な「紅い花」が何らかのイメージを登美子にもたらしたのだと考えたい。

「紅い花」の中で、登美子にその恋を象徴すると感じさせたと思われる花はいくつかある。一つは朝顔である。八月ころの鉄幹宛の手紙に、

「浜寺、住の江の歌まきは早おもひで草となりて、やさしき人々のみこころを語り申し候。けさ起きいでて雨にぬれたる露の朝顔、あまりのかはゆさに思はず口つけ候へば、冷かなるその露、かりそめながらやさしきかをりは忘られがたく候。殊に少しなやみたらむやうに傾きたるが、さはりし手におちまゐりしかば、拾ひて頰にあてて、更にあまき〳〵露を唇に致し候。云はん方なきやさしさに、この罪、神に祈りつつ、ひと花つみて封じ参らせ候。御手に上らん時までしをれなとこそ念じ参らせつつ。登美子」　（明星六号）

美文調でやや思わせぶりな、キザといえばキザな文章なのだが、いかにも抒情的で女らしい。この朝顔が、紅い花だったらしいことは、鉄幹の返歌、

　やさぶみに添へたる紅（べに）のひと花も花と思はず唯君と思ふ

によってわかる。

二つめは秋海棠である

鉄幹は住の江の蓮見のあと、岡山、京都に寄って八月十九日に帰京したが、その帰途に梟庵に会ったようで、秋海棠の花を手渡したらしい。梟庵の書簡に、

「（前略）かの先頃たまはりし秋海棠の花は、更に人々へ分ちやり候処、登美子の君より、あまた歌を寄せられ候。中に、

うつろはぬ人のまことの花に見えてうれしと泣きぬその香その色（後略）」

とみえているように、この秋海棠は登美子ら、おそらく晶子の手にも渡ったにちがいない。秋海棠の花はいうまでもなく紅い。

三つめは、山蓼である。

粟田山に宿った十一月、夕日に照る山蓼の茎の紅さが印象的だったとみえて、鉄幹はこれをくり返し歌っているが、茎が赤いということは、晩咲きの蓼の花穂が咲きのこっていたであろうことを思わせる。その詩「山蓼」の一節に、

小霧（さ）に山踏みて／別れにひく山蓼／茎くれなゐに／嗚呼（あゝ）何の恨ぞ／想へ理想の袖寒く／われら毒を仰ぐ夕／生血この色流れむ　（明星八号）

とあって、山蓼の紅と血潮の色を二重写しにした「紅」が出てくる。別れの思い出にとひきぬく草に、花のないというのもおかしい。花はあったと考えるのが自然だろう。

また、登美子との別れを詠った晶子の詩「朝がすみ」（明星十一号）の一部に、

住の江の浦／蝶のむくろそへて／わすれ草つみぬ／ちさきその人
すゝめしは何／秋赤き花／いのると泣きぬ／わがおもはるゝ恋
涙なからんや／われ少女（をとめ）なり／歌なからんや／西の京の山

とあって、登美子が住の江での別れに、実際に「秋赤き花」を摘んだのはたしかなようだ。ただし、「すゝめしは何」の句が「わがおもはるゝ恋」にもかかっているとすれば、登美子は、晶子が鉄幹の恋を得るようにと祈る、と云ったわけで、赤き花は恋の象徴にもなっていよう。

ただ、わざと「秋赤き花」といい、「西の京の山」（粟田山）といっているところをみれば、これはまさしく蓼であって、住の江で摘んだのが咲きのこった小さな赤マンマ（犬蓼）であったりする可能性もつよい。その想像はいかにも恋におぼれる明治の二少女を思わせて、感覚的には一番フィットするような気がする。季節的にも最も可能性がある。

のちに晶子は、

ひと花はみづから谷にもとめませ若狭の雪に堪へむ紅　（明星十二号）

とも歌っている。「紅き花」は結局何であるかはわからないが、登美子が恋の象徴としてこのことばを用いたとすれば、そのイメージにはやはり蓼の花があったのではないか、と思うのである。

恋わすれ草と古典の影響

この歌の中で、登美子が顔をそむけつつ、泣き泣きつんだという「わすれ草」。もちろんこれも、「紅き花」と同じく、象徴であるにはちがいないが、これは萱草(かんぞう)の古名である。そして萱草もやはり、紅いといえば紅い花である。「わすれぐさ」は、王朝の昔から、「住の江」とつきものであった。すなわち、「住の江の恋忘れ草」として、くりかえし和歌に歌われて来た。「恋忘れ草」自体はすでに万葉集にも現れているが、「古今六帖」には、

道知らばつみにも行かむ住の江の岸に生ふてふ恋わすれぐさ　　紀　貫之

その他があり、以下、多くの歌が作られて来た。

萱草を見て心の憂さをはらす、ということは、古く『詩経』にも出てくるそうであるが、それが

いつか「恋」を忘れさせてくれる草、という意味になっていったようだ。それがなぜ住の江に集約していったのかは定かでないが、「万葉集」には「暇あらば拾(ひり)ひに行かむ住吉(すみのえ)の岸に寄るとふ恋忘れ貝」(二、一四七)その他があり、「住の江の恋忘れ貝」がいつか「住の江の恋忘れ草」に習合していったのではないかと考えられる。

いずれにしても、「わすれ草つむ」の一語は、和歌の伝統をふまえての「恋忘れ草」なのであって、これは実際に萱草をつんだわけではないだろう。一方、当然、明治中期の若い女性たちの、国文学的素養を底に踏まえていることを忘れてはなるまい。

鉄幹はもとより、晶子、登美子らの作品には、西欧思想がとり入れられていると同時に、日本古来の文化の伝統がしっかりと根づいている。「明星」の作品と古典とのかかわりあいは、思ったよりもずっと濃く深い。

一例をあげれば、若狭に去った登美子に対して、晶子は、

かのそらよわかさは北よわれのせてゆく雲なきか西の京の山　(明星十一号)

と詠んでいるが、これはまさしく「紫式部集」を踏まえているとしか思えない。

「紫式部集」の初めの方に、紫式部がまだ若かったころの歌がある。紫式部は姉を亡くし、知り合いの女性(従姉と思われる)は妹を亡くした。そこで二人はお互いに、姉君、中の君といいなら

わして、つねに消息をかわしてなぐさめ合っていた。しかしその人は筑紫へ、紫式部は越前へ行く事になった、という詞書で、次の一首がある。

北へ行く雁のつばさにことづてよ雲の上がき書き絶えずして　紫式部

晶子、登美子が姉妹と呼びならわしたのは、鉄幹のさしがねというよりも、むしろ浪曼的なことの好きだった女たちの、自然な心の発露だったのではないか、という気もする。むろんその底には、紫式部と「西の海の人」とよばれる女性との関係が当然踏まえられていたと思うのである。

「みだれ髪」のネーミング

晶子の処女歌集『みだれ髪』の命名は、おそらく抜群の演出感覚をもつ鉄幹によっておこなわれたと思う。

雑誌「明星」の中では、すでにたびたび「乱れ髪」の語が使われて来てはいるのだが、歌集の題名としては、まことに意表をつくネーミングである。それは、藤島武二の表紙絵とともに、新鮮な衝撃を世の人々に与えたにちがいない。

それまでの歌集といえば、王朝の残骸ともいうべき雅語を主とし、たとえば「萩の下露」とか「玉菊集」といった調子の、旧派和歌独特の優雅さと古めかしさをもっていた。

「みだれ髪」という語は、雅びを後生大事に守ってきた近世和歌の言語感覚からははみ出している。むしろそれは江戸趣味的な感覚に近いことばであったのだろうが、鉄幹はそれをみごとに浪曼的言語に昇華させてしまった。

ところで、「明星」の中で、最初に「乱れ髪」の語を使ったのは誰か。

歌の作品に先行して、「明星」五号に、佐々醒雪の「端唄評釈」にその語の出てくるのに注目したい。

五号といえば、まだ新聞形式の版であるが、文学士佐々醒雪は、創刊号からずっと「端唄評釈」を連載していた。英詩・独詩・漢詩・戯曲などの評釈に並んで、端唄がとり入れられているところにも、鉄幹の視野のひろさを感じるが、その五回目の評釈の題が「みだれ髪」なのである。

「みだれ髪」は実は端唄の表題であって、元禄時代の歌謡集成である『松の葉』に収録されている。端唄にしてはやや長く、

〽君と我とは、七つ八つ、十で殿御を、見そめてそめて、人こそ知らね、振分髪を、そなたならでは、誰にか見せん。此黒髪を。」〽合今は仇なる、乱れ髪、乱れ心や、あゝあゝ合逢ひたさ見たさに、来たぞかし。つらやつらやと、合思ひはすれど、また捨てられぬ。憎さあまり

て、いとしさまさる。〽さても命は、つれないものよ。君つらや。生きて思ひは、愛別離苦の、死んで又来て、その〳〵。其先の世も、思ひ知らせん、思ひ知れ。」合袖の湊の、恋の淵。渡りくらべん、涙川。合いろに沈みて、死のとも。ひきはかへさじ、早小舟、名は流さじ。」

というのである。なかなか激越な語句があって、とくに最後のあたりは、鉄幹、晶子の恋愛とイメージが重なってくる。

佐々醒雪の解説によれば、この端唄は前半「伊勢物語」の筒井筒に想をとり、後半の一部は六条御息所の心を思わせるという。

「曰く、此煩悶よし我を殺すとも、一死我において何かあらん。いで輪廻転生の世を極むとも、此一念、豈(あに)「思ひ知ら」せじやは、徒らに流れし浮名に穢れて、仇にのみ止むべきやはと。此大執着、大煩悩、即これ一の頓悟なり、一の菩提なり。千々に砕けし迷妄はここに帰趣を得て、繊弱なる一女子は男子をも凌ぐべき、……」

と醒雪は熱をこめて解説している。この行間から立ちのぼる熱気をとらえて、鉄幹にも晶子にも、乱れ髪の歌が多く生まれたのではないか。

とくに、晶子の絶唱、

くろ髪の千すぢの髪の乱れ髪かつおもひみだれおもひみだるる

の作は、この醒雪の「みだれ髪」が潜在的に引き金になったのではないかとも思うのである。但し、この作は「明星」にはなく、歌集『みだれ髪』に初出の歌である。

「明星」は六号から増頁して雑誌形式になるが、七号には「みどりなす妹が黒髪乱れけりとかねばこそあれ我が病みしより・水月（大阪八雲会）」がみえ、八号になると、

巌かげのほそき泉に乱れ髪あらひし日より物狂ほしき　玉野はな子
前髪のみだれし額(ぬか)をまかせたるその夜の御胸(みむね)あゝ熱かりし　鳳　晶子
秋かぜにふさはしき名をまゐらせむそゞろ心の乱れ髪の君　鉄幹
玉ひとつ戸に失ひし夕より袷衣つめたく髪みだれそめぬ　鉄幹
わが歌にわかき命をゆるさんと涙ぐむ子の髪みだれたり　鉄幹

などがみえるほか、鉄幹の詩に「夕(ゆふべ)髪みだる」「乱れし髪」「姉の髪みだれたり」、晶子の書簡に「例ながらこよひは殊に髪も筆もみだれて。」とあり、さながら「乱れ髪」ラッシュである。（傍点筆者）

この時はすでに「粟田山の一夜」以後であって、「乱れ髪の君」は晶子を差すようになっている。

また、新詩社同人たちの書簡をのせる項に「みだれ髪」の見出しが用いられているのにも注目したい。後の「恋ごろも」の時にも、一度見出しに用いてのちに、歌集の表題としており、鉄幹は多くの語彙の中から何かを命名するのに巧みであったようにみえる。

「明星」九号は、「文壇照魔鏡」事件に対抗して、一旦休刊予定してあったものを急遽刊行した変則の小冊子であるが、ここには当時、登美子のあとを埋める形で重用されはじめた増田雅子（この号ではまだ増原雅子を名乗る）の作品に、「髪の乱れ」が三首ふくまれている。あるいは、鉄幹を中心に醸成された女性たちの感情の渦、熱気の中に、自らも参加しようとする意志の表明でもあろうか。

あな寒むとたださりげなく云ひさして我を見ざりし乱れ髪の君　　鉄幹

も九号にあるが、これは晶子と解してよさそうである。（傍点筆者）

「明星」十一号に至ると、鉄幹に「乱れ髪にかざしは青き松の若葉しろき裳裾は水にひたりぬ」がみえるが、それよりもむしろ、この号に晶子が「みだれ髪」の署名で歌をのせているのに目をひかれる。この号で晶子は「落椿」七十九首を一気に巻頭にのせているので、あまりの多作ゆえに、後から届いたものを匿名にしたものだろうか。「落紅」八首がそれであるが、題名の近似といい、「みだれ髪」の署名といい、誰がみても晶子とわかったはずである。

この署名は、十二号にも続いている。ただし、活字は六号活字でごく小さく、六首七首にわかれて二ヶ所、十三首が掲げられ、有名な、

乱れ髪を京の島田にかへしあさ臥していませの君ゆりおこす

の歌がここに入っている。（傍点筆者）

かくて「明星」十三号には、藍の色刷りではじめて「新派和歌集・鳳晶子女史著・みだれ髪」の発刊予告が載るのである。ここでは七月二十日発行の予定になっているが、実際の発刊は明治三十四年八月十五日であった。

おそらくは醒雪の端唄評釈に端を発したにちがいない「みだれ髪」の語は、こうして青春の渦巻の中にまきこまれ、情感あふれる新鮮な匂いを帯びて、新しい短歌の象徴ともなった。それにしても、鉄幹のネーミングは抜群というべきである。

「京の子」考

「明星」には、雅号や匿名で投稿する会員が多かった。男性の場合には一種の文人気取りや韜晦(とうかい)

趣味によるのだろうが、女性の場合は、人眼に作品を触れさせる、というようなこと自体、周囲から牽制され、許されない空気があった。その目をかいくぐって投稿するのだから、現代からみればたいへん覚悟の要ることでもあった。

幻の佳人といわれた石上露子なども、もちろん筆名だが、結婚後は夫が脱退届を出して新詩社を去り、筆を折るに至った。玉野花子も匿名のままであった。

山川登美子は本名で出詠していたが、結婚と同時に、やはり出詠をやめなければならなかった。家を守るべき嫁が、たとえ短歌の発表であっても社会活動に連なることは、当時、非常識とされていたのだ。

前項に引いた晶子の書簡（十一月十五日朝付・明星八号）では、晶子が粟田山の一夜ののち、大阪の登美子の許を訪れていることが知られる。その書簡のつづきに、「かの君とこしへ歌はすてまじとなり。されど新年の△△を限りに、その後はとく名にてとかたり給ひき。」とある。△△の伏字の穿鑿はおくとして、ここでは登美子も結婚後は匿名で、と言っていることがわかる。

登美子の歌は「明星」十一号の「紅鶯」十五首を限りに姿を消す。

その前の十号に、小さな活字でひっそりと載っている「京の子」という匿名の歌がある。この「京の子」とは、山川登美子であろうと推測できる。歌は一首と二首に分載されているのだが、その一つに、

指裂きて血にかきし歌いまさらに世をおどろかす人あやしむな　　京の子

とある。「粟田山の一夜」の後に、晶子の、

裂きし指の血汐にじみて紫と御歌にのこる帯止のはし　　（明星八号）

などがあって、激情に駆られた若い女性たちが指を切った血で歌を書くというようなことが、多少の誇張はあるにせよ、実際にあったらしいことがうかがわれるので、どうしてもこの「京の子」は登美子と思わざるをえない。

他の二首は、

その人と旅ねになれる梅のうた熱海の三月冬あたたかき　　京の子

つよきこいとひて別れし橋のたもと君も見かへりぬ我も見かへりぬ　　同

である。後者は「つよきこといひて（強きこと言ひて）別れし」の誤植であろう。粟田山の一夜の後、鉄幹、晶子と登美子は加茂川あたりで別れたらしいので、その際の歌ではないか、とも思う。前者については、後に触れる。

この号には、別に登美子の「もろかりし」三十四首が載っており、「京の子」の匿名による三首は、鉄幹もしくは晶子あての手紙に書かれた登美子の歌を、鉄幹が埋め草風にとりあげたものか、とも思われる。

登美子は、大阪と京都の両方に姉の婚家先があり、多く大阪に住んだが、しばしば京都にも滞在した。「京の子」であっても不自然ではないのである。

晶子の「おち椿」（十一号）の中には、

いもうとの琴にはをしきおぼろ夜よ京の子こひしつゞみのひと手

がある。この「京の子」には、登美子のイメージがおかれているのかもしれない。鉄幹にも「京の子は舞のころもを我にきせぬ北山おろし雪になる朝」があり、晶子も祇園の舞妓を歌った中に「京の子」をくりかえし使っているのだが、登美子を連想させるのは上記の一首だけである。

「明星」では、一つの言い方が現われると、他の人々がそれを踏襲し発展させていくという、一種の「集団言語」に特徴をもつ。この「京の子」のような「……の子」の表現も、そのひとつである。

俗世に生きる「人の子」に対して、詩神のもとにつどう新詩社の同志は「星の子」である。こうした語の発明も、鉄幹がもっとも出色であり、その結果として、

われ男の子意気の子名の子つるぎの子詩の子恋の子あゝもだえの子　（明星十一号）

のような歌も生まれている。

他にも「血の子」（十一号・雅子）「つみの子」（十一号・晶子）「まどひの子」（十二号・一色白浪）などがみえるが、その総決算としてあげるべき秀歌は、晶子の、

かたちの子春の子血の子ほのほの子いまを自在の翅なからずや　（明星十三号）

であろう。

こうした系譜の中で、「京の子」は一味ちがった語感をもち、登美子の「身を隠す」感じがよく出た語であると思う。これもおそらくは、鉄幹の命名であろう。

「短歌研究」一九八七・七〜九

ミュシャの模倣

「明星」が明治三十年代の青年子女に圧倒的支持を受けたのは、内容の華やかさもさることなが

ら、表紙、カットの視覚的な斬新さに負うところが多かったようにみえる。

創刊号から五号までの新聞形式から、一挙に六十八頁に及ぶ雑誌形式に飛躍したとき、その表紙は一条成美が担当した。カットは成美の他に長原止水、結城素明が執筆しているが、ここで最も人眼を引いたのは成美の表紙であろう。

長い髪を垂らして百合の花を手に、香りをかいでいる裸体の美女は、詩の女神ミューズであろうか。背景に五稜の星が大小四つ描かれている。シンプルであるがいかにも抒情的（リリカル）な画面構成である。六号は薄墨色の単色色刷で、七号ベージュ、八号薄紫、十号青。（九号は緊急発刊のパンフレットなので表紙はない）

この十号を以て一条成美は新詩社を退社した。社告には「都合により」とあるが、新声社に引き抜かれたようで、その後「文壇照魔鏡」事件の裏に見え隠れするが、そのことについては後に触れる。十一号からは藤島武二が表紙を担当するが、カットの一部はそのまま以前のものが踏襲されて、「明星」調の演出に一役も二役も買っているのである。

問題はこのカットなのだが、日本の文人画風の筆致にまじって、一条成美筆の斬新な図柄が、ぬきんでて感覚がいい。どうみても、一八九〇年代のアール＝ヌーヴォーの影響を直接的に受けているように見え、成美のセンスのよさと共に、何らかの原典があるのではないかと、かねてから思っていた。

偶然私は、これらのカットのうち、もっとも有効に使われている二点が、世紀末の天才といわれるパリのデザイン画家、アルフォンス・ミュシャの模倣、というよりも模写に近いものであることを発見した。

一点は、ゆたかな髪に百合の髪飾りをつけた女性の胸像で、これはサラ・ベルナールのポスターの模写である。いうまでもなく、サラ・ベルナールは世紀末のパリの伝説的名女優であるが、ミュシャはサラ・ベルナールの芝居のポスターを描いたことで一躍名を挙げた人である。ミュシャを有名にしたのは一八九四年のクリスマス・イブに、翌一月四日からルネサンス座で演ずる「ジスモンダ」のために急遽依頼された舞台用ポスターであった。それ以来、一九〇〇年に至るまでのサラの舞台用ポスターは、ずっとミュシャの手になり、「ロレンザッチオ」「椿姫」「メディア」「トスカ」などの名ポスターは、一八九〇年代のアール＝ヌーヴォーの象徴的領域を形成している。

「明星」のカットに用いられているのは、一八九六年制作の、サラ・ベルナールのカラー・リトグラフによるポスターの模写である。但し、「ＳＡＲＡＨ・ＢＥＲＮＨＡＲＤＴ」の字を「ＭＩＹＯＪＯ」と替え、タイル装飾風の背景を星に替えている。しかし原画では背景の外郭を、六稜のダビデの星で埋めてあり、それを模したのか、成美の星も五稜ではなく六稜の星である。女の頭上に輝く星には、わざわざ性のマーク（♀）がかき加えてある。

この図柄は、最初「明星」六号の、特別歌稿欄のカットに用いられている。すなわち「雁来紅」の表題のもとに、鳳晶子、中濱糸子、山川登美子、林のぶ子の女流四人の短歌作品の最初に配置されて、十二分に効果的である。

天の川そひねの床のとばりごしに星の別れを透かし見るかな　鳳　晶子
血汐みななさけに燃ゆるわかき子に狂ひ死ねよとたまふ御歌(みうた)か　同
たがためにつめりともなし百合の花聖書にのせて絵にしてやまむ　山川登美子
花ごろも薔薇のかざしもなげすてて歌に狂ふは楽しからずや　同

晶子も登美子も、はじめて鉄幹に出逢い、連日、住吉や高師の浜で歌に狂っていた、ちょうどその頃である。時は明治三十三年、西暦でいえば一九〇〇年。十九世紀最後の年であった。この歌と、アール＝ヌーヴォーの画とが、じつによく似合っているのに瞠目する思いである。このカットは、後の十八号まで踏襲されている。

二つめは、「明星」七号に登場するカットで、右手で口を抑え、左手で筆と画用紙をもった女性の図柄である。この原画は、同じくアルフォンス・ミュシャの「サロン・デ・サン」（Salon des Cent）の「ミュシャ展」のポスターで、一八九七年制作カラー・リトグラフである。

原画では、花の髪飾りはデイジィであるが、成美はこれを百合と星に替え、背景にも星をあしらった。また、花輪や棘冠を描いた画面には、「一筆啓上」という活字をのせている。鉄幹が新詩社の社友にあてた通信兼あとがきの歌である。この部分は他の号では「小生の詩」となって鉄幹の書き下ろしの詩、たとえば十号の「日本を去る歌」の見出しの役を果たしたり、「明星」と文字を替えて、晶子の短歌作品や文章のカットにも使われた。

一条成美がこれらの原画を、どういう形で目にし、模倣したのかはわからないが、「明星」と白馬会の画家たちの連繋もつよく、また鉄幹自身も西洋絵画への嗜好がつよかった面もあって、おのずから成美の装飾画家的な才能を醸成したのであろう。現代からみれば剽窃として非難されかねない、こうした単純な取り込みかたは、明治という時代の大らかさと、西欧文化の鵜のみを思わせて興味は尽きない。

↑上図、ミュシャ、サラベルナールのポスター。
←左図、「明星」第九号

アール＝ヌーヴォーは訳語なら「新芸術」であろうが、むしろ前時代の象徴主義から、より生活に密着した、軽くて快いもの、明るいものを目指した。ドイツではこれを「青春様式」と呼ぶそうであるが、しなやかな快い曲線と一種の平面性が、装飾風に自由なスタイルを形づくる。図案風といっても非対称であり、日本の浮世絵から学んだといわれる簡潔な「線」が生かされる。こうした性格は、或る意味では、まことに日本的なのである。徳川三百年の滓と共に明治維新そのものの重たるさを脱皮するには、アール＝ヌーヴォーの内包する「青春様式」は、じつに適切な水先案内で

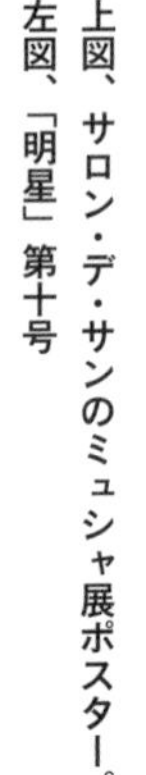
←上図、サロン・デ・サンのミュシャ展ポスター。
←左図、「明星」第十号

あったといえるのではなかろうか。

一条成美は鉄幹との間の感情の行きちがいもあって、十号を以て退社し、十一号からは藤島武二が表紙を担当した。が、この二点のカットは、明治三十四年十二月の「明星」十八号まで、ほとんど連続して使われつづけている。一条成美の以後の動静、白馬会と「明星」の関係については、後の稿に譲る。

いずれにしても、ミュシャの装飾画が、「明星」の新しさをまことに巧みに演出したことは誰の目にも明らかである。明治三十五年になると「明星」は文章、詩歌に中心を置き、初期のようなビジュアル的な斬新さを失ってしまう。そこには、日露戦争前夜の、国粋主義の台頭などの風潮もあったであろうが、少くとも初期「明星」においては、アール＝ヌーヴォーの効果は、思いのほかに大きいものであったことを忘れてはならない思う。

「京の子」考・続

前々項、「明星」十号（明34・1）に匿名で載っている「京の子」が、山川登美子その人であろうと推理したが、三首のうちの、前々項に触れなかった一首について考えてみたい。

その人と旅ねになれる梅のうた熱海の三月冬あたたかき

である。この号には、登美子の名を明記した「もろかりし」三十四首が載っており、そこには結婚と鉄幹への恋ごころ、文学への志との狭間ではげしく揺れ動いた登美子の心情が吐露されている。この号に限っては、登美子だけが独立した枠を与えられており、前項の「サラ・ベルナール」のカットで飾られている。いわば全篇の中の代表作の資格を与えられているわけで、

画筆(ゑふで)うばひ歌筆折らせ子の幸と御親(みおや)のなさけ嗚呼(ああ)あなかしこ

などの絶望的な歌もまじっているが、その父の愛と命令のまにまに、登美子は前年十二月に若狭へ帰っていったのであった。

同じ号に、鳳晶子署名の二首がみえる。メインの「紫」三十八首とは別の項で、

はたとせの我世の幸はうすかりきせめて今みる夢やすかれな
かたりますは後ののぞみか来しかたか熱海の三月われまどひあり

とある。（傍点筆者）「熱海の三月」の照応によって、これも「京の子」登美子説の傍証になろう。

しかし、この「熱海の三月」は何を意味するのであろうか。

おそらくは、鉄幹の姿をここにも介在させる必要があるだろう。鉄幹の歌には、それを裏づけるものは何もない。ただ、

かならずと恋をちぎるは興あさし花のあかきに蝶よりこずや

が目につく。

これらの歌群は、みな埋め草風に組まれた部分の作品であって、正式の誌上への投稿原稿ではなく、手紙やハガキに書きつけられた種類の、十分に推敲を経た歌とはみえない。しかしそれだけに、人々の消息を探る手段にはなり得るし、思いがけぬ本音のにじむものもある。十二号（明34・5）には、「乱れ髪」の匿名で小文字に組まれた晶子の、

乱れ髪を京の島田にかへしあさ臥していませの君ゆりおこす

などが見えていて、発表される歌にはない、或る種の気楽さ、不謹慎さがあるように思うのである。

ここで推理し得ることは、例の粟田山での一泊（明33・11・5）の際に、登美子、晶子を相手に、鉄幹が三月ごろ熱海の梅を見に行こう、などと言い出したのではなかったか、ということである。

この時登美子は、すでに恋の競争から下りてしまっていた。本人としては、晶子に「譲った」のである。登美子の意識には、恋の競争に「敗けた」意識は全くないことを、まず銘記すべきだろう。

うつくしき人の恋見てよりそひてそと着せかけぬ星の世のきぬ　（明星十号）
さはいへどさはことほげど我もをとめあけの袖口けさ引き裂きぬ　（同）

なのであり、

それとなく紅き花みな友にゆづりそむきて泣きて忘れ草つむ　（明星八号）

なのである。

晶子は春の再会を念じながらも半信半疑である。やがて春、粟田山での再会が実現して、晶子は一挙に鉄幹獲得のエネルギーを燃焼させる。それが果して、現在いわれているように一月九日前後であったのかどうかには疑問があるが、ここで晶子は一刻も早く鉄幹の傍らに駆けつけたくなる。鉄幹は、子どもを生んだばかりの妻滝野との間の調節に苦労することになるのだが、その間の「なだめ」の一言として、「熱海の三月」がむし返されたのでもあろうか。

証人として登美子が存在する。「熱海の三月」が実現しますようにとの外野からの応援である。

十号は明治三十四年一月一日発行であり、前年の三月には、鉄幹は晶子にも登美子にもまだ面識がない。すると「三月」は何を意味するのか。鉄幹の口約束である可能性はあり得ると思うのである。もう一つは、「京の子」の歌が先に晶子か鉄幹に届いたとする。「三月には、例のあの夢が実現するのでしょうね」と。それに対して晶子の歌が、「あなたの歌を頂いて、ちょっといみを受けとりかねているのです、あなたの言ってらっしゃるのは、これから先のことなのかしら、それとも、粟田山のこと？　まだ『その人と旅ね』は実現していないのです」ととることもできなくはない。そしてその後間もなく、熱海ならぬ粟田山再遊の夜、晶子は鉄幹と結ばれることになる。

月ヶ瀬

この「熱海の三月」につながるかどうかは不明であるが、もうひとつ気になる地名に「月ヶ瀬」がある。

「熱海の三月」の載ったのは「明星」十号だが、十号は明治三十四年一月一日発行になっている。実際には年内発行であったのか、あるいは巻末の鉄幹の「一筆啓上」欄の署名に「一月一日」の字があるところをみると、年を越して印刷したのかわからないが、一月三日には鎌倉に集い、河田芳水、高須梅渓、高村砕雨（光太郎）、水野蝶郎らと共に、由比ヶ浜で野火をもやし、「廿世紀を祝する迎火」をして、その夜、汽車で関西の大会に向かっている。折から一九〇一年の新年であった。この大会のあとに鉄幹・晶子の事実上のラブ・アフェア、「粟田山再遊」があったと考えられており、一月九日説が多く支持を得ているが、なお一月末、という説も捨て切れない。
ところで、前年十一月の「粟田山の一夜」以降のものと思われる晶子の、鉄幹への書翰のなかに、

「…四月にあそばすよし、月がせ行およしあそばしてと、しら梅の君のせうそくにて、前より承知いたし居り候。…」

とあって、四月に月ヶ瀬行が計画されていたらしいことが知られる。「しら梅」は増田（茅野）雅子で、鉄幹は晶子、雅子をふくめて「粟田山」のような一夜を計画していたのかとも思われる。同じ手紙の終りに、

おもひたちつとばかりつよく云ひし夜の夢の月ヶ瀬朝は泣きぬ

とある。「おもひたちつ」は「想ひ断ちつ」であろう。この月ヶ瀬は、ふつうに考えれば、梅の名所、伊賀上野からさらに深く入るあの月ヶ瀬であろうが、熱海にちかい伊豆にも、月ヶ瀬温泉がある。

この書翰は明治三十三年十一月と推定（神崎清説）されるので、「熱海の三月」と「四月の月ヶ瀬」の語の出てくるのがきわめて近い。そこが気にかかるのである。

薊（あざみ）の花

「明星」の斬新さは、内容のみならず表紙や挿絵によっていっそう世人の耳目を集めたが、もうひとつ、素材の「西欧風」な匂いが大きくものを言ったようにみえる。

たとえば「花」を例にとってみよう。

新聞紙形式の創刊号から五号までの花の歌をざっと拾ってみると、「新派和歌」とはいえ、国学系の、というより王朝亜流的な傾向が如実によみとれ、「梅の花」が圧倒的に多く見受けられる。季節につれて「桃の花」「菜の花」「椿」「桜」「しら藤」「山吹」「つつじ」「朝顔」などが登場するのは、現代の結社誌と大差ないおもむきにみえる。晶子がはじめて登場する二号の「花がたみ」六首の第一首目は、

　　ゆく春を山吹さける乳母が宿に絵筆かみつつ送るころかな

といった古風な歌である。（以下、傍点筆者）同号には鉄幹の、

わが好きは妹が丸髷くぢら汁不動の呪文しらい梅の花

がある。御歌所風でもなければ新風ともいえず、強いていえば、小唄端唄風で、鉄幹が理論上では「新派和歌」を求めながら、具体的な方向を探し当てられないでいる感じがよみとれる。むしろ鉄幹は、この時点ではまだ短歌に対して本気ではなかったのではないか、とさえ思えてしまう。短歌ごときもの、詩ごときものは男子の生命を賭けるに価しないという、壮士風な気概があったのではあるまいか。また、同じページには正岡子規の「病牀十日」がのっている。

ガラス戸の外面さびしくふる雨に隣の桜濡れはえて見ゆ　竹の里人

素材は「桜」だが、さすがに足を大地につけた感じの詠風で、「歌よみに与ふる書」によって激越に『古今集』をこきおろしてみせたアジテーターとして、「写生」を実践しているのがわかる。鉄幹はこれに比べるとやや手先の遊びにみえる。しかし、名伯楽として晶子、登美子らを育て、売り出していく過程で、鉄幹はみずからも飛躍的に技術を磨き、行くべき未来をはっきり方向づけて行くのである。他人の才能がよく見える人間であったのだ。

こうした花の素材に混って「百合」「薊」「薔薇」「向日葵」などが自由に登場してくるのは、比較的初期からの傾向だが、これらの新鮮な素材が、たちまち「明星」を席捲して行くのである。「薊」はその一つだが、これは古来の和歌の世界では、到底素材にはならなかった。堂上和歌の世界は『古今集』の美意識の遵守（じゅんしゅ）であって、千年前の祖先の美意識が「四季観」とともに或る種の完型を保っていたために、それを打破することがなかなかできなかったからである。

「明星」六号がはじめて四六倍判の雑誌になったとき、最初の扉はピンク紙に黒刷りの「鉄幹歌話」の広告で、この周囲の飾りケイは、薊の花のイラストである。これは斬新で評判がよかった。ちょうどそのころ晶子は、はじめて逢った鉄幹に心を奪われて、なりふりかまわず鉄幹にのめりこんでいた。

血汐みななさけに燃ゆるわかき子に狂ひ死ねよとたまふ御歌（みうた）か　（明星六号）

鉄幹は、明治三十三年八月の関西での大会その他の過労から、帰京後高熱に浮かされて十日ほど苦しんだが、その際見た夢をもとに、

わがやまひはげしくなりぬあざみぐさ口に吸ふ子を夢にみしより　（明星六号）

と、多少揶揄をこめて晶子に贈っている。

おにあざみ摘みて前歯にかみくだきにくき東の空ながめやる　晶子（明星七号）
おそろしき夜叉のすがたになるものかあざみくはへてふりかへる時　鉄幹（明星七号）

晶子との間に、「薊」を素材とした贈答が繰り返された。六号は九月十二日、七号は十月十二日発行で、まだ二人は登美子と共に遊んだ「粟田山の一夜」を経てはいない頃のことである。

しかしこれらの歌からは、二人の間の巧まない親近感が匂ってくる。鉄幹は晶子を安心してかかっているし、晶子はちゃんとそれに応える余裕をもっている。そのくせ、その贈答には、何がしかの緊張感がある。一種の文学的緊張とでもいおうか。丁々発止とやりあうおもしろさである。それは、王朝の貴公子と女房との歌のやりとりに似ている。鉄幹はおそらく、今まで心の底で求めていたものに出会った手応えを持ったにちがいない。このあたりから鉄幹の歌もぐんぐん伸びはじめるのである。

ちなみに、「薊」を「明星」の中に素材としてはじめてもちこんだのは、

世の人の手にはゆるさぬ歌なれば埋めし上にあざみ花咲け　河野鉄南（明星二号）

である。偶然ではあろうが、晶子が最初に思慕した鉄南の歌であるのもおもしろい。この作に象徴されている「歌」の語が晶子の鉄南への手紙だとしたらもっとおもしろい。晶子は鉄幹に会うまで、多くのラブレターを鉄南に送っていたからである。

なお、鉄幹が何からヒントを受けてアザミをとり上げたかは不明だが、当時アルフォンス・ミュシャのデザインをほとんど丸写ししていた「明星」を考えると、ミュシャのデザインからの連想ということもあり得よう。ミュシャの絵柄にはアザミと見られる花の描かれたものが実在するからである。

後年、晶子は「スバル」の時代（明43）に『花』という選集を出している。スバル同人江南文三との共著で、花の小事典になっており、巻末に晶子が五十首の花の歌をのせているのだが、その第一首目に次の歌が置かれている。

きぬぎぬや撫子よりも美しきあざみの花に白き露おく

とくに特色のある歌ではないが、「明星」初期のアザミの歌のやりとりを頭に置いて読むと興味深い。「撫子」と「あざみ」はこの場合暗喩的に女の姿を表わしているようにもみえ、「露」は男と女の朝の別れの涙を意味しているようにもみえて、若いころの晶子自身の姿を重ねたくなってしまうのである。

ちなみに、アザミは、古くは『出雲風土記』にも現れ、『延喜式』では栽培して春の若菜とし、漬菜にもしたことが知られる。薔薇や百合に並んでアザミが短歌に登場してきたときには、アザミの花はすでに詩的な感覚に適う花として、新しい性格を付与されはじめていたということができよう。

ルシファーと表紙絵

「明星」の美術面についての考察はまだ余り整理されていないようなので、ここでは今までにわかったことだけを記しておきたい。すべて雑誌「明星」から読み取れる範囲ではあるが、いくつか基礎的な事柄を述べておくことにしよう。

「明星」創刊号から五号まではタブロイド版の新聞形式をとっているが、二号までは一ページ目に「明星」と墨書されている。字体は「明」の日偏が篆書風に変えてある。

この書が主宰者鉄幹の自筆かどうかわからないが、気概にみちた字である。ただ、歌壇の風習を考えると、これが師に当る浅香社の落合直文の字であることもあり得るかと思うのである。ただし、鉄幹は直文に師礼をとったが、直文自身は「予は恐らく君の師たるに当らず、唯共に研鑽せんのみ」と語ったという。この精神は新詩社にもうけつがれて、鉄幹の「新詩社には社員の交情ありて師弟の関係なし」(新詩社清規)の宣言につながったであろう。

三号から五号の三誌では、一ページ目の右上およそ四分の一を使って、翅のある裸体の天使が空を飛ぶ図と共に「明星」の題字が描かれている。この絵は長原止水であることが、三号の目次によって知られる。字もまた、図柄との関連で同一人のものと思われる。

長原止水は、美術学校教授であった長原孝太郎で、すでに一号、二号にも肖像画を載せている。一号に落合直文、朝鮮服を着た鉄幹、二号に久保猪之吉、大町桂月の肖像であるが、いずれもよく特色を捉えた簡潔なデッサンである。この四葉には頭文字のnを崩したサインがある。

三号には表紙の他に、じつに若々しい島崎藤村、久保天随の像と、テニソンの胸像が載っている。藤村、天随の像のサインは、二号までのnをやや変形してほとんどmに近いものになり、表紙とテニソンの胸像に関してはⓜという形になる。このサインは後まで用いられているので、筆者を見分ける手段になる。

長原止水のほかに一号から描いているのがいうまでもなく一条成美、二号から加わっているのが日本画の結城素明である。

ここで問題にしたいのは、止水描くところの表紙絵である。六号からは四六倍判の雑誌となり、その表紙は一条成美が担当して、全国の青年子女のあこがれをかき立てることになるわけで、止水の表紙絵は三・四・五号のわずか三部にすぎないのだが、なぜこうした絵が用いられたのだろう。

「明星」三号には、注目される文章が載っている。木村鷹太郎の「明星を祝す」という一文である。

「雑誌『明星』新に生れて天に光輝あり。主筆は音に名高き与謝野鉄幹、新体詩で想ひしとは反対にて好き男なり。明星とは何の意味にて名付けたるや或はこれ文界の暗夜を照らさんとの意なる乎。若し果して然らんには、余は之を笑ふ。何となれば如何なる明星なりとも月光にも及ばざればなり。若し真に光照せんとならば、星よりも月よりも、太陽こそは適当ならめ。吾等は明星の名称を解するに此くの如き平凡なるものを取らざるなり。我はヘブライの預言者イザヤの言へる如く、明星をルシファーに見立て『悪魔(サタン)』と同一視せんかな。イザヤ曰く『あしたの子明星よ、いかにして天より堕ちしか、汝さきに心中に謂へらく、我れ天に昇り、我が位を神の星の上にあげ、高き雲井にのぼり、神の如くなるべしと。されども汝は陰府(よみ)におとされ坑(あな)のいや下に入れられん』と。イザヤの預言我れ関せず、されどもルシファーが天上至高の所に昇り、神と光を争はんとするの意志を愛す。『明星』願くばルシファーを以て任ぜよ。我は明星の発行を祝す。」

木村鷹太郎は鉄幹の先輩であり、のちに晶子との結婚の仲人を買って出て、不倫の悪評から二人を救い出した人でもある。

この祝辞から、じつはさまざまな類推ができる。

「明星」の命名は、おそらくはネーミングの天才である鉄幹の意志で選ばれたであろう。それまでに鉄幹が公にしていた本は、詩歌集『東西南北』『天地玄黄』など、天地を対象とした書名が多い。「明星」もその範疇に入ると思うが、いずれも鉄幹という一人の男が中心にいて、天空のひろがり、あるいはそれとの隔りを実感し、鬱勃たる気概をこめ、飛躍を夢みての命名を感じさせる。「明星」に先立って試み、一号どまりで廃刊になった雑誌「鳳雛」も同様である。志を高く持って空を仰ぐ感じに、清新な音感を加えた「明星」は、まことに佳い名である。

その上、「明星」の語を選んだ鉄幹に、木村鷹太郎が格好の〝意味〟を付与したことになる。命名の由来は知らないが、文学界を照らすという意味ではあまりに通常すぎる、と木村は言う。そして「明星」に堕天使ルシファーのイメージを重ねてみせたのである。

ルシファーは「光を与えるもの」の意であるが、「明けの明星」そのものの名でもある。これに対して「宵の明星」はヴィーナスである。美の女神ヴィーナスの名は、そのまま金星の呼び名であるから、明けの明星をヴィーナスと呼んでも別に差しつかえはないわけである

「明星」三号表紙絵　長原止水

が、ルシファーと呼べば情緒は一入である。

ルシファー（ルシフェルとも）は大天使の一人で、九級の別のある天使の第八級に属していた。ミカエル、ガブリエル、ラファエルなどと同等の天使であったが、美しくて才気に満ち、自らを恃むあまり、驕慢となって高きを望み、ついに地獄におとされて悪魔（サタン）となったと考えられている。この文章の中のイザヤの預言というのは、

「ああ、お前は天から落ちた／明けの明星、曙の子よ。

お前は地に投げ落とされた／もろもろの国を倒したものよ。

かつてお前は心に思った。『わたしは天に上り／王座を神の星よりも高く据え／神々の集う北の果の山に座し／雲の頂きに登って／いと高きものになろう』と。

しかし、お前は陰府（よみ）に落とされた／墓穴の底に。」


（共同訳聖書・イザヤ書14・12〜15）


の部分である。木村は、たとえ堕天使となろうとも、神と光を争うその意志こそ、「明星」に不可欠だと言っているのである。

天空を望む眼差しをもつ青年鉄幹の心が、この指摘を見のがすはずはない。即応して生まれたのが、三号の長原止水のエンゼルの絵ではなかろうか。すなわちこの絵はルシファーそのものを示しているのだろう。額につけた星の冠には女性の性を示す形がついているのはなぜか知らないが、エ

ンゼルは男性の形をとっているところをみると、両性具有の意なのだろうか。このエンゼルはどちらかといえばヴィーナスの息子キューピッドのイメージに近いようでもある。また、天使の中でも、第二階級のケルビム（最高の天使は六翼の天使セラヒム）の像は子供の無邪気な姿をとるから、或いはそのあたりのイメージ化なのかもしれない。

いずれにしても、キリスト教弾圧時代からいくらも経っていない明治三十三年、当時の人々がキリスト教文化にいちじるしく興味を抱いていた様子を推察することができよう。それは信仰としてよりも、西欧文化の匂いとして急速にとり入れられたのであり、「明星」の歌の素材として「神」「人の子」「魔」「百合の花」などが続々と登場するのも、その一面である。「魔」はまさしくルシファーであり、「星の子」は堕天使のイメージを裏に含んでいよう。流行した「……の子」の語も、「人の子」（キリスト）から来ている変形句であるようにもみえるのである。

いずれにせよ、急速に西欧文化の世界に傾斜していく「明星」初期の傾向に先駆けつつ、この長原止水の表紙絵の持つ意味は、思いのほか大きかったのではないかと思う。ルシファー的思い上がりこそが、「明星」のロマンティシズムの原動力となったのだから。

白馬会

浪曼派の牙城となった「明星」の魅力は、表紙やカットの視覚的な斬新さによっていっそう盛り上げられたが、その一部がアルフォンス・ミュシャのデザイン画の模倣であったことについては、前項に触れた通りである。一九世紀末期のアール＝ヌーヴォーの持つ装飾的浪曼的な味わいは、この上なく「明星」の目指す雰囲気にマッチした。そしてそれは、明治三十年代に滔滔として流れ込んだ西欧文化の最先端でもあった。

ミュシャの代表的作品の一つである名女優サラ・ベルナールのポスターを、一条成実はどこで見たのだろう。成美が模倣したサラのカラー・リトグラフは一八九六年の製作、「明星」に初めて流用されたのが一九〇〇（明治33）年であった。

当時の「明星」は、短歌ばかりでなく、新体詩は勿論のこと、イギリス、ドイツ、フランスの詩の訳や解釈、美文、小唄や端唄の評釈に至るまで、熱意をこめてじつにひろい範囲に手をのばし、斯界の若い実力者たちが力を貸していた。同時に鉄幹は美術界にも目配りを忘れず、とくに八号では、上田敏と鉄幹による「白馬会画評」に十二ページを割いている。

ここに挿絵として掲載された二葉の裸体画に関して、風俗壊乱の理由で「明星」は発禁の憂き目をみるのである。二葉とも婦人の臥像であるが、縮小のままならぬ時代だけに、横臥像をタテにしてあるところが、いかにもその時代らしくておもしろい。これも一条成美の模写のようである。「仏国名画」とあるがドイツ語の解説がついている。

この「白馬会」は第五回のもので、黒田清輝、藤島武二、長原孝太郎（止水）、三宅克巳、岡田三郎助、和田英作など、錚錚たる若手の作品がとりあげられている。中にエミール・オールリックという名がみえているのは、「明星」七号に四枚のエッキス・リブリス（蔵書票）を載せているエミール・オールリックで、解説によれば、彼はとくにエッキス・リブリスの意匠家として名高いオーストリアの画家であり、東洋漫遊のため東京に在り、この四枚はその寄贈にかかるもの、とある。その人が白馬会に出品している（版画であったと考えられる）ことは、白馬会と鉄幹の関わりの深さを思わせる証左でもあろう。

この白馬会には「広告画」の部門があったらしい。「仏蘭西から来た広告画」とあるので、パリのキッチュといわれる種類のものかと思うが、この中にサラ・ベルナールが登場してくるのである。評の中での鉄幹の言に「又サラ・ベルナールの芝居の広告があります、立つて居るのですか、アレは似顔のやうに見えるが巧く画いてある…」と見えているのは、立像ということからいうと「サマリアの女」（一八九七）か「トスカ」（一八九八）あたりのポスターであろうか。

鉄幹は一条成美のセンスを高く買っており、絵画についての議論をたのしんでいたふしもみえる。

二日酔のかしら痛きをさもなげにかわい成美が画のこと語る

（明星七号）

の歌などからもそれは推察できよう。信州から出てきた成美の、繊細でリリカルな画才を鉄幹はたいそう大切にした。結果的には一条成美はやがて鉄幹に背いて新声社に走ったが、その才筆は「明星」誌上の短い期間に最も自由に発揮されたようにみえる。彼の青春性と抒情性を支えたのは、新鮮な西欧文化、とくにアール＝ヌーヴォーであったことは確かであり、その情報源として、鉄幹と近しかった白馬会の面々が存在したこともまた間ちがいないところであろう。

「短歌研究」一九八八・三、九〜一〇

晶子と椿

椿ちる紅つばきちる椿ちる細き雨ふりうぐひす啼けば　晶子『常夏』

明治四十一年二月「大阪毎日」に発表されたとき、この歌の下句は「春雨ふればうぐひす啼けば」であった。わかりやすく、なだらかではあるがやや大衆向きの作なのは、発表機関のせいもあろうか。「明星」同年三月号に発表した際には、冒頭に掲げた形に変わっていた。ちょっとした推敲ではあるが、歌柄が緊っている。

ところでこの歌は、一九一六（大5）年五月二十五日付のナポリの雑誌「ディアナ」に「春の雨(PIOGGIA DI PRIMAVERA)」の題でイタリア語に翻訳されている。訳者はイタリア文学者の下位春吉であったようだ。再翻訳すると、

鶯の囀りに合せて

椿一輪が落ちる
紅い椿が落ちる
みんな椿が落ちていく
細かい雨のなか、きらめく雨のなか

（井出正隆訳）

当時「ディアナ」誌は日本の詩歌を特集したり、俳諧の解説をしたりしていた。ジャポニズムの潮流の一つとみられる。イタリアの詩人L・ウンガレッティの研究者である井出正隆氏によれば、L・レバイの『ウンガレッティの詩の起源』には、ウンガレッティの得意とする断片的詩に、晶子のこの歌の影響が明らかに認められる、という指摘が記されているそうである。晶子とヨーロッパの関わりを探る手掛かりとして一言しておきたい。

乳ぶさおさへ神秘のとびらそとけりぬここなる花の紅ぞ濃き

『みだれ髪』

この歌もまた「椿」と関わりがある。
「明星」十一号（明34・2）に載った「おち椿」五十九首の最後に置かれた歌である。この時、晶子は「粟田山再遊」の直後で、鉄幹との恋の喜びと苦悩のはざまにあり、溢れるように歌作している。同号には別に「みだれ髪」の名で「落紅」八首も記載されていて、その旺盛な創作力は圧倒的に読者に迫ってくる。

　ただし「おち椿」五十九首のうち「椿」の歌われているのはただ一首、「鶯に朝さむからぬ京の山おち椿ふむ人むつまじき」だけである。鉄幹との間の記念的な意味があったとしても、一連の中でとくに秀歌とも思われない。その代り、この掲出歌の下句にある「花の紅」が「椿」の花として鮮明に浮かび上がってくるような気がする。題名はここを起源としているのではないか。

　この歌は当時の風潮の中では破格で、かなり危険な匂いを帯びている。或る種エロティックな想像をさせるところがある。象徴的技法というより、むしろ伝統のタガを一気にはずした、うちつけのエネルギーを縦横に発散している。その故に「おち椿」の濃艶鮮烈な紅にふさわしいのである。

「明星」十一号には、今までの「白」にとって代って「紅鶯」「紅恨」「くれなゐ」「落紅」と、やたらに紅に関わる題名がふえ、色ページにまで紅色が用いられていることも、注意をひくところである。

「鉄幹と晶子」一九九六・二

晶子と古典

王朝和歌の影響

与謝野寛というすぐれたプロデューサーの下に、与謝野晶子は、当時の短歌革新の気運に乗って、一気に王朝和歌一千年の伝統を乗り越え、近代短歌の先駆的役目をはたした。それはいかにも鮮烈で、既成の短歌界からは反逆的にみえたにちがいないが、今まで守りつづけられていた女流和歌の堅固な保守の壁は、はじめて女性の肉声をとりもどしたのであった。

だからといって、晶子は伝統に無関心であったかというと、それは全くちがう。多くの歌人たちがそうであったように、晶子もまた深い古典の素養を身につけていた。若さと情熱にまかせた大胆な表現技術を駆使したにしても、その端々に自然に〝古典〟の教養がにじみ出ていることは、その作品をみても容易にわかるだろう。

(1)　五月雨についぢくづれし鳥羽殿のいぬゐの池におもだかの咲く　『みだれ髪』
(2)　いとせめてもゆるがままにもえしめよ斯くぞ覚ゆる暮れて行く春　同
(3)　春曙抄に伊勢をかさねてかさ足らぬ枕はやがてくづれけるかな　『恋ごろも』
(4)　ほととぎす治承寿永のおん國母（こくも）三十にして経よます寺　同
(5)　したしむは定家（ていか）が撰（え）りし歌の御代式子（しきし）の内親王（みこ）は古りしおん姉　『小扇』

いま、思い出すままに挙げたこれらの作品はその例である。

(1)に展開される世界は、現在の京都市伏見区鳥羽にあった鳥羽離宮、院政期の華麗な文化をもたらした白河天皇の造営になるが、鎌倉期末にはすでになくなっていた。この歌の裏には、与謝蕪村の「鳥羽殿へ五六騎いそぐ野分かな」「河骨の二もとさくや雨の中」などが踏まえられていることは、新間進一氏がはやく指摘されているところである。「明星」一九〇〇（明33）年七月号に載った歌で、ごく初期の作である。

(2)の初句「いとせめて」の使用法は、『古今集』小野小町の「いとせめて恋しきときはむばたまの夜のころもを返してぞ着る」などにみられる。他にも「春の夜の闇の中くるあまき風しばしかの子が髪に吹かざれ」（『みだれ髪』）のように「春の夜の闇はあやなし梅の花色こそみえね香やはかくるる」など、『古今集』を連想させることばづかいがかなり見られることも注意してよい。また、この歌自体のもつ雰囲気は、「けふ暮れぬ花の散りしもかくぞありしふたたび春はものをおもふよ」

（前斎宮河内）などに通じるものがある。この歌は『千載集』にあるが、俊成が『古来風躰抄』に採録しているので、晶子はそのどちらかに触れているのではないか、と類推させるところがある。

⑶は古典の書籍そのものを素材とした例で、『春曙抄』は『枕草子』の註釈書である。北村季吟の名著であり、江戸期に最も愛好された。「伊勢」は『伊勢物語』。当然両方とも和綴本であろう。一九〇四（明37）年ころの作であるが、空想の歌というより、むしろ実際に『春曙抄』や『伊勢』を、身近に散らして読むことがあったと思われる。一九〇七（明40）年には、成美女学校内に作られた閨秀文学会の講師として古典を講じているくらいだから、当然『枕草子』や『伊勢物語』にも通じていたはずである。

⑷の「治承寿永のおん國母」とは、建礼門院のことである。平清盛の娘徳子で、高倉帝に入内、中宮となり、安徳帝を生んだ。戦乱にまきこまれて、安徳幼帝を追うように壇ノ浦の海に一旦は沈んだが、源氏の雑兵の熊手に髪をかき寄せられて、心ならずも命を救われ、大原の寂光院にひっそりと隠棲した。治承（じしょう）は高倉帝の、寿永（じゅえい）は安徳帝の御代の年号である。國母は皇后、皇太后の称。その住む寺は寂光院である。そこへ後白河院がひそかに行幸された「大原御幸（おはらごこう）」はいうまでもなく『平家物語』の世界であり、謡曲にもなっている。

⑸の「定家が撰りし歌」とは『新古今和歌集』『新勅撰和歌集』、とくにここでは『新古今』をさしているとみてよいだろう。『新古今』という、ほとんど虚構美に近い繊細な王朝美学——それは滅びの美学でもあるわけだが——の世界を愛好した晶子の若年期が透けてみえる。式子内親王は

『新古今』女流の中でも孤高の精神に支えられた最高峰の一人である。それを自分の姉のようだといっているのである。

このように、晶子の作品には、到るところに「古典」の色彩がちりばめられている。

それはまた、晶子だけの、独自の傾向ではなく、「明星」初期の女流には共通にみられる傾向でもある。しかし、これほど古典の雰囲気を身に体して使いこなした女流は稀である。前に挙げた例をみても、作品の中に「素材」として、また「語彙」として、あるいはかもし出す歌境の匂いとして、「王朝」の華麗をとり込んだ手腕はみごとであり、余人にはなしえない技術でもあった。

元来、和歌の世界では、伝統に対して反逆を試みて新しい傾向を生み出す気運の生まれたとき、必ずといってよいほど『万葉集』が規範とされる。「万葉に還れ」とは、短歌の原点に戻ろうとする意識でもある。明治の短歌革新運動の中でも、とくにすぐれたアジテーターであった正岡子規は、「万葉に還れ」をスローガンとし、永い伝統を形成してきた王朝和歌、とくにその出発点でもある『古今集』を徹底的に排斥することで短歌の起死回生をはかった。結果として「アララギ」を中心とする写生主義が主流を占めるに至る。与謝野鉄幹もまた、はじめは「万葉に還れ」と唱え、暫くは西欧詩をとりこむことに傾注して「明星」の浪曼派を支えたが、後には再び強く『万葉集』の重要性を説いた。

しかし、晶子の場合、伝統の影響、あるいは古典の影響という点では、『万葉集』ではなく「王朝文学」であり、『新古今集』であった。そのあたりに、「アララギ」の辿った男性文学的方途に比べて、伝統的な女流文学、王朝和歌の味わいを保った晶子短歌のいちじるしい特色をみることができるであろう。

『源氏物語』と晶子

与謝野晶子による『源氏物語』の現代語訳は、その簡潔でスピード感のある文章によって、大正・昭和期を通じてひろく読まれ、『谷崎源氏』（谷崎潤一郎訳）に対して『晶子源氏』の名で親しまれてきた。

晶子と『源氏物語』との関わりは古く、少女期に、店を手伝ったあとの夜ふけ、祖母や父が昔読んでいた古書を、蔵からとり出しては読んでいたという。その中に『源氏物語』や『大鏡』があった。晶子自身のことばによれば、

紫式部は私の十一二歳の時からの恩師である。私は廿歳までの間に「源氏物語」を幾回通読したかしれぬ。（中略）全くの独学であつたから、私は中に人を介せずに紫式部と唯二人相対して、この女流文豪の口づから「源氏物語」を授かつた気がしてゐる。

『光る雲』

とある。当時は当然木版本の、変体仮名まじりの和綴本であろうから、現代の少女たちからみれば思いもよらない読破力である。しかし当時の文学少女としては、さほど珍しいこととはいい切れないだろう。ただ、晶子の晶子らしいところは、これを全部読み了え、なお何度も読み直していることで、ともかく息が長い。エネルギーがある。源氏五十四帖を原文で読み上げるということは、当時としても大事業であったと思われる。私自身の経験では、中年になってから講義のためにじっくり読み通しはじめて、テキストに訳出しながら、八年半の歳月がかかった。抄訳だが四百字詰で三千枚にのぼった。その体験からみて、現在から約九十年前の晶子の少女期を考えても、並々の熱中では到底読み上げられなかったと思う。それを、ともかく苦もなく読み了えてしまう持続力はすばらしいといわなければならない。また、晶子自身もいっているように『源氏物語』を味読してしまうと、他の王朝文学はほとんどらくに読みこなせてしまうのも事実で、後年、さまざまな古典の新訳や講義を行なっているのも、この少女期の『源氏物語』耽読が基礎的な学習となっていたと思われる。

実際に刊行された古典関係の本は、『源氏物語』の他に『大鏡』『栄花物語』『蜻蛉日記』『紫式部日記』『和泉式部日記』『和泉式部集』『赤染衛門集』『徒然草』などに亘り、また文章の中には『枕草子』『平家物語』『新古今』をはじめ、江戸期の与謝蕪村に至るまで、じつに幅広い書名がみられる。しかし大半は王朝時代であり、晶子の素養の根幹に『源氏物語』が深く根づいていたことは明らかに読みとれる。

晶子が最初に『源氏物語』を講じたのは、一九〇七（明40）年成美女学校内に置かれた「閨秀文学会」の講師としてである。馬場孤蝶、生田長江、森田白楊（草平）と共に女流文学者の養成を目的としたこの講座を教えた晶子は、『源氏物語』『大鏡』『新古今』『作歌法附添削』の四課目を担当した。後に寛も『万葉集』を担当したが、この会は成美女学校自体の閉鎖もあって短期間に終わった。しかしその中から平塚らいてう、山川菊栄、岡本かの子らを輩出している。

翌年春から与謝野家で開かれた文学講座で再び『源氏物語』を講じた。このときには堀口大學や佐藤春夫も聴講したが、受講者は五、六人で毎週日曜に講義が行なわれ、たいそうぜいたくな講義であったと、堀口大學はその印象を書きのこしている。

この年、新詩社の経済的援護者であった小林天眠（政治）からの申し出があり、『源氏物語講義』を百ヶ月間で書き上げるよう依頼があった。これは与謝野家の窮状を見かねた天眠の財政的援助が主眼であって、毎月送金が行なわれ、晶子は多忙の中で原稿を書き溜めていった。これは「講義」とあるように「評釈」であり、時間の要ることもあって、速度はおそく、百ヶ月（約八年）を過ぎてもなかなか完成しなかった。天眠は本来大阪の毛布卸商、小林商店の経営者であったが、やがて初志を貫いて出版業天佑社を創立し、その処女出版にこの本をと考えていたようであるが、仕事は進捗せず、ようやく三千枚余りの原稿が出来上がったのは一九二三（大12）年頃であった。しかしなお、手を入れるために何度か原稿の行き来があり、さらには大正九年の経済パニックに遭った天佑社が傾いたこともあり、また寛が天佑社からの刊行を嫌ったなどのいきさつがあって、全稿本は晶子の手に返された。晶子はこれにさらに手を加えるつもりでいたようだが、当時勤めていた文化学院がこれを保管した。

ところが関東大震災に遭って、すべての原稿は灰燼に帰した。いわゆる『幻の源氏物語講義』である。

一方、小林天眠の企画を追う形で、一九一〇（明43）年頃に、金尾文淵堂の金尾種次郎の申し出があり、『源氏物語』の現代語訳を依頼されている。この企画は内田魯庵の発案によるものだそうであるが、晶子は、これに快諾を与え、一九一一（明44）年一月から取りかかって、翌年二月にははやくも『新訳源氏物語』（四冊本）の上巻が刊行され、一九一三（大2）年十一月までに上、中、下の一、二巻の計四冊を刊行し終えている。

このすさまじいまでの速度は、小林天眠の依頼による「講義」の底本がある程度出来上がっていたからこそ得られたものであろう。基礎的な評釈の仕事としての「講義」は完成品として姿をみせることなく、むしろ副産物的に生まれた『新訳源氏物語』は、中沢弘光の装幀・挿絵と相俟って非常な評判を呼んだ。天金仕立ての豪華本に次いで、縮刷版が出版され、他にも何種類もの再刊本があある。

その内容は、晶子自身のいうように、「必ずしも原著者の表現法を襲はず、必ずしも逐語訳の法に由らず、原著の精神を我物として訳者の自由訳を敢へてした」ものであり、むしろ省略や意訳、説明の挿入などを、大胆に行なっている点、たしかに「自由訳」というにふさわしい。英訳本を読むに似たわかりやすさがあり、言文一致体の漸く定着しはじめた当時にあって、まことにすっきりと読みよい現代語訳である。晶子三十代半ばの若さにみちた文体でもある。当時、森鷗外は、多忙の中から序文を与えた上、さらに校正までもすべて引き受けたという。

この「新訳」は、晶子自身「無理な早業」と記しているように、寛の渡欧を控えての経済的必要も関わっていたため、短期決戦的な訳業であったようで、晶子はその改訳を早くから志していた。一九三二（昭7）年に至って、五十代半ばの晶子は、再び果敢にその改訳にとりかかった。改訳中途の一九三五（昭10）年三月、最愛の夫、寛の死去に遭い、約二年中断したが、一九三八（昭13）年十月から翌年九月までの逐次刊として、『新新訳源氏物語』（全六巻、金尾文淵堂）は世に送り出された。

今回の「新新訳」は、「新訳」に比べて、文体もおだやかでこなれており、省略もかなり減って、「新訳」の約二倍ほどの量になる。四百字詰概算三千五百枚程度の分量であるという。

この訳が完成してのち、その出版記念会が上野精養軒で華々しく催された。そして半月後、晶子は倒れ、一九四二（昭17）年一月、六十三歳二ヶ月の一生を終えるのである。まことに、大きな業を成し遂げたのちの死というべきであろう。

晶子が生涯に〝三度『源氏物語』を訳した〟といわれるのは、このように、世に出なかった『源氏物語講義』と、『新訳源氏物語』及び『新新訳源氏物語』の三つをいうのである。

さらにいえば、もう一つ、自筆原稿として残された『梗概源氏物語』がある。これは鶴見大学所蔵の自筆原稿で、『源氏物語』五十四帖を、七十枚の原稿にすじがき風に書いたものである。新資料として一九九三年十月公刊（武蔵野書院）された。解題の池田利夫氏によれば、年次決定は困難の由であるが、「新訳」と「新新訳」の間に執筆されたものであろうという（なお、「晶子と源氏物語」については、新間進一氏の詳しい考察がある。『源氏物語とその影響　研究と資料』武蔵野書院、一九七八）。

『栄花物語』と晶子

『源氏物語』に次いで、晶子の現代語訳のすばらしい実力をみせつけるのは『新訳栄華物語』である。

現在では古写本どおり『栄花物語』に定着しているが、晶子のころには『栄華物語』と表記されていた。藤原道長を中心に、藤原氏の栄華を描いた歴史物語で、四十巻のうち前半三十巻は、紫式部と同じく中宮彰子に仕えた赤染衛門の筆と推定されている。

内容は非常に面白く、同じ歴史物語でも男性の手になったと思われる『大鏡』の〝男の世界〟に対して、〝女の眼〟で書かれているため、精細な服飾の記述なども多く、風俗・習慣を知る上でも興味ぶかい。これが同じ女性である晶子の手にかかると、わかり易い説明を挿入し、語釈にとらわれないで本質をつかんだ簡潔で無駄のない現代語訳となり、しかも雰囲気を失わない。『新訳源氏物語』よりもむしろ出来がいいというか、筆にのびがある。

この本の刊行は一九一四（大3）年七月から翌年三月にかけて行なわれ、上中下三巻、中沢弘光装幀・彩画、天金、箱入の豪華版である。前項に触れた『新訳源氏物語』四冊を出したばかりであり、さらに一九一二（明45）年五月、前年秋からパリに遊学中の夫、寛を追って渡欧し、十月に帰国しており、そのエネルギッシュな訳出作業は、想像を絶するほど濃密な時間を要したであろう。「生きるために必死に働いた」という晶子であり、その渡航費用と留守宅を守る費用の捻出に、どれだけ晶子が力を注ぎ込んだかはかりしれない。「それは筆による外に何も道はなかった」のである。

『新訳栄華物語』は、帰朝後の最初の仕事となった。『新訳源氏物語』ほどではないにせよ、膨大な原稿量であり、これが一年余の間に書きあげられたことを思うと、その集中度は並はずれている。しかも現在のところ、この訳業を上回る新しい現代語訳は出ていない（むろん、学者の仕事は数々あるのだが）。註釈にとらわれずに自分の直感を生かし、今のことばで書くという、晶子の特質をよく表している訳業である。

『栄花物語』を読み解くに当たっては、晶子が子供の頃から親しんだという『大鏡』が大きな力となったであろうし、『新訳源氏物語』執筆の際読んだにちがいない『紫式部日記』『和泉式部日記』なども、自然、その訳業を助けたであろう。また、一九〇七（明40）年に、最も重要な註釈書といわれる『栄華物語詳解』（和田英松・佐藤球共著、明治書院）が世に出ているので、その恩恵も受けているのは確かであろう。この『詳解』については、晶子は「明星」誌上で直ちに詳しい批評を加えている。十年に亘る労作に対して敬意を表しながらも、評釈の誤りを鋭く指摘し、あえて「評者のさかしらなり」とまで極言して、批判している所もある。著名な国文学者を相手にして、真向から批判を加え、一歩も退かない姿勢は、当時二十九歳という若さの気負いもあろうが、それだけ『栄花物語』を精読、味読していた証しでもあり、同時に、学者としてよりも、文学者としての眼、鋭敏な直感に準拠する晶子の態度がはっきり読みとれる。

この時点で、晶子は十分に『栄花物語』を読み込んでいたわけで、それを考えれば、のちに一年半ほどで現代語訳を了えるだけの蓄積は、十分になされていたことがわかる。

一九二五（大14）年、与謝野寛、晶子、正宗敦夫共編の『日本古典全集』の発行がはじまった。これは文庫本形式のテキストで、兼常清佐（かねつねきよすけ）が『与謝野晶子』（一九四八・昭23年）において指摘したように、「晶子はニッポンの古典をつぎからつぎへと安い、小さい本にして出版して、世にひろめようとした。これも大仕事」であった。木版刷から活字版へと移行した古典テキストは、この刊行によって廉価に一般人の手に入るようになった。このシリーズの『栄華物語』の校訂もおそらく晶子の手に成ると思われるが、下巻の冒頭に据えられた「解題」は、短いながら創意にみち、その後の「栄花物語」研究にも大きな影響を与えたといわれる。国文学者正宗敦夫（作家正宗白鳥の弟）の支持助力もむろんあっただろうが、晶子の意見が主流であり、執筆も晶子であると推定される。

なお、この下巻には、前半の作者に比定されている赤染衛門の家集『赤染衛門集』が併載され、この校訂も、晶子の業であろう。

その他の古典と晶子

『新訳源氏物語』『新訳栄華物語』という二つの大部の現代語訳に関わって、その間に多くの子女を生み育て、本業の短歌を次々に発表し、小説、童話、婦人解放運動の評論を書き、文化学院で学生を教えるなど、晶子の活動の幅の広さは目をみはるばかりであるが、その活動を支えた底力というか、基礎の部分に、晶子の、これら〝古典〟に関する活動があり、それが力づよく他の部分を支えていたことは見逃せない事実である。

この大部の二篇の訳出は、晶子にとって大きな自信となったであろうし、同時にこの二冊を訳出するに当たって、多くの王朝女流日記、歴史物語、『小右記』『台記』などの公卿日記にも目を通さざるをえなかったであろう。晶子の訳業は、同時に晶子の教養基盤を厚くし、ゆるがないものにしたのである。

この二冊を精読すれば、他の王朝古典は、ほとんど註解も辞書もなくて読み下すことは可能である。しかも晶子はそもそも、註解よりも自分の直感を信じて読み解くタイプである。したがって、その他の〝古典〟関係の業績は、この二篇の訳出の、副次的産物であるとみていいかもしれない。すなわち『和泉式部全集』（古典文学全集）の伝記、解題（一九二七・昭2年）、「紫式部新考」（「太陽」一九二八・昭3年）、「和泉式部新考」（「女性」一九二八年）、『平安朝女流日記』（『現代語訳国文学全集』非凡閣、一九三八・昭13年）などがそれである。

一九〇九年にはすでに寛と共に「和泉式部評釈」を「常磐樹」に連載し、それがやがて一九一五（大4）年の寛・晶子共著『和泉式部歌集』（名著評論社）、一九一六（大5）年の『新訳紫式部日記・和泉式部日記』（金尾文淵堂）などにつづいていき、さらに一九三八年の前出『平安朝女流日記』につながったことはいうまでもない。

一九〇九年の自宅での文学講座では、晶子は「徒然草」をも担当しており、これは、一九一六年の『新訳徒然草』（阿蘭陀書房）となって結実した。

また、王朝もの以外では、以前から関心の深かった江戸期の俳人与謝蕪村について、一九三二（昭7）年の「与謝蕪村」（『俳句講座（五）』改造社）の一篇が生まれている。

そのほか、晶子の随筆に、「清少納言のことども」（『一隅より』金尾文淵堂、一九一一・明44年）という文章がある。ここで晶子は「わたしは清少納言を好かない。其訳（わけ）を考へて見たことは無いが、何となく好かない」と書き出している。その官能の鋭敏をみとめる一方、しかしそれは皮相的であり、清少納言だけの特質ではなく、王朝女流共通の才質にすぎない、ともいっている。「をかし」「めでたし」を連発するばかりで、静かな内観がない、というのである。「わたしは感覚ばかりの作物を好かない」という。ただし、一方では、欠点の多いところは清少納言と自分とは似ている、とも書いている。おそらく晶子は、似ている面がある故に、清少納言に親しめなかったのではなかろうか。同時に、晶子の現代語訳の、きびきびとセンテンスの短い文章は、近代的でもあり、清少納言的でもある。『源氏物語』にとりついた晶子は、あの婦々としてしかもしたたかに息長い『源氏物語』を書いた紫式部という作家像につよく牽かれたのであろう。

そして晶子は理想どおり、近代の紫式部的存在にまで到達した。その強いエネルギーと強い意志は、古典によって培われたといっても過言ではないような気がする。

与謝野晶子・古典関係リスト

一九〇七（明四〇）年　二十八～二十九歳

六月、閨秀文学会成り、講師として『源氏物語』『大鏡』『新古今』等を講ず。

一九〇九（明四二）年　三十～三十一歳

四月より文学講演会として「源氏物語講義」を開始。「徒然草」も担当。

五月より寛と協力の「和泉式部評釈」を『常磐樹』に連載。

九月、小林政治より百ヶ月間に『源氏物語講義』執筆の依頼を受ける。

一九一一（明四四）年　三十二〜三十三歳
一月、金尾文淵堂金尾種次郎より依頼の『新訳源氏物語』執筆開始。
一〇月、小説「源氏玉かづら」をPR誌『三越』に発表。

一九一二（明四五・大元）年　三十三〜三十四歳
一月、小説「源氏関屋」を『スバル』に発表。
二月、『新訳源氏物語』上巻（金尾文淵堂）刊行。
六月、『新訳源氏物語』中巻刊行。

一九一三（大二）年　三十四〜三十五歳
八月、『新訳源氏物語』下巻の一刊行。
一一月、同、下巻の二刊行。（いずれも金尾文淵堂刊。全四冊）

一九一四（大三）年　三十五〜三十六歳
七月、『新訳栄華物語』上巻（金尾文淵堂、全三冊）刊行。
八月、同中巻刊行。

一九一五（大四）年　三十六〜三十七歳
一月、寛と共著『和泉式部歌集』（名著評論社）刊行。
三月、『新訳栄華物語』下巻刊行。

一九一六（大五）年　三十七～三十八歳
七月、『新訳紫式部日記・新訳和泉式部日記』（金尾文淵堂）
一一月、『新訳徒然草』（阿蘭陀書房）
一九二二（大一一）年　四十三～四十四歳
一月、「源氏物語礼讃」（第二次『明星』）、翌年、歌帖仕立てとして高島屋より頒布。
一九二三（大一二）年　四十四～四十五歳
九月、大震災により、文化学院に保管中の『源氏物語』訳数千枚焼失。
一九二四（大一三）年　四十五～四十六年
五月、歌集『流星の道』に『栄華物語』を詠んだ二十一首収録。
一九二五（大一四）年　四十六～四十七歳
一〇月、与謝野寛、正宗敦夫と共編の『日本古典全集』発行はじまる。
一一月、『栄華物語上巻』（日本古典全集刊行会）刊行、解題あり、晶子筆と推定される。
一九二六（大一五・昭元）年　四十七～四十八歳
二月、『新訳源氏物語』二冊、豪華本（大燈閣）
四月、『新訳源氏物語』新装二冊本（金尾文淵堂）
五月、『栄華物語中巻』刊行。
一二月、『栄華物語下巻附赤染衛門集』刊行。この全集本は現代語訳ではなく、古典本文の活字本。

一九二七（昭二）年　四十八〜四十九歳

二月、『和泉式部全集』（日本古典全集刊行会）に伝記・解題。

〔またこの頃、自筆原稿『梗概源氏物語』（鶴見大学蔵）が書かれたか？〕

一九二八（昭三）年　四十九〜五十歳

一〜二月、「紫式部新考」（『太陽』）

一〜三月、「和泉式部新考」（『女性』）

一九三二（昭七）年　五十三〜五十四歳

二月、『源氏物語中』（三冊を窪田空穂と分担。『現代語訳国文学全集』五）

四月、「和泉式部の歌」（『短歌講座』八）

七月、「与謝蕪村」（『俳句講座』五）

一九三八（昭一三）年　五十九〜六十歳

四月、『平安朝女流日記』（『現代語訳国文学全集』九）に『蜻蛉日記』・『和泉式部日記』・『紫式部日記』の三篇（非凡閣）

一〇月、『新新訳源氏物語』（六巻、金尾文淵堂）刊行はじまる。

一九三九（昭一四）年　六十〜六十一歳

九月、『新新訳源氏物語』刊行完了。

一〇月、『新新訳源氏物語』完成祝賀会。

一九四〇（昭一五）年　六十一～六十二歳

五月、脳溢血にて倒る。以後半身不随となる。

一九四二（昭一七）年　六十三歳

五月、死去。

＊晶子は一二月の生まれであるため、満年齢を表示するのに、慣例どおりの表示では不向きである。あえて年齢を正確に表示した。

「与謝野晶子を学ぶ人のために」一九九五・五

清々とした気迫——晶子の書

ある画廊の話によると、近代の文人の中で、最も数多く書を遺したのは、夏目漱石と与謝野晶子だそうである。かなりの数の書を書いたつもりでも、いつのまにか散佚して、消えていってしまうのがふつうで、晶子の筆跡がこれだけ残っているということは、無数の歌を書きのこしたことを意味している、というのである。

そういえば、晶子の筆蹟を思い起こそうとすると、私にはすぐにその独特な字のスタイルが眼に泛(うか)んでくる。それだけ、私の眼にもしばしば触れる折がある、ということなのだろう。私自身が師事した佐藤佐太郎の書体とか、そのまた師である斎藤茂吉の字は、私としても知っているのが当然だが、それ以外にはっきり識別できる歌人の文字は、若山牧水くらいのものである。とくに書家でもなく、大して書に対する知識を持たない私にとって、晶子の字体の印象は、他とは比べようもなく強いといえそうである。

昔から、研究者の間でも晶子の字は読みにくいといわれていて、晶子の字には独特のクセがある。

というより、個性のつよい字、というべきなのかも知れないが、まぎれもなく「晶子の字」として存在するところがまたすごい。しかし、どういうものか私は、晶子の目のさめるような華麗な歌、直情的で鮮烈なその生き方に比べて、その文字に、或る種のズレを感じてしまうのである。

かまくらやみほとけなれど釈迦牟尼は美男におはす夏木立かな

私の家から程近い鎌倉高徳院の境内の隅にひっそりと立っている歌碑の、晶子の文字は、痩せぎすの感じで、流麗でもなく力づよくもなく、ふくらみをもたない字体である。

晶子が、夫のパリ行きの費用を捻出するために書いたという「百首屛風」の文字、あるいはごく若いころ、心を寄せた河野鉄南あての書簡、みな同系の文字で、書き馴れて一見奔放自由にみえながら、内気で細い神経の張りと、強い意志を同時に感じさせるところがある。

いざさらば粟田の春のふた夜妻またの世まではわすれ居給へ

晶子がはじめて、妻子ある鉄幹と結ばれたあとの書簡には、この歌をはじめ、切々とした心情のこもる歌が書き連ねられている。変体仮名まじりの馴れた字ではあるが、情感にみちて乱れ乱れた女文字というわけではなく、また決して十分訓練された文字でもない。どちらかといえば、ぶっきら棒な感じがする。ただ、ひどくスピード感がある。ぷつぷつ切れていて、しかも筆速を感じさせるのである。

こうしていくつかの晶子の書を思い比べてみると、私には晶子の内面の性格が少しずつ見えてくるような気がする。

晶子は、体の大きい割に、うつむいてぼそぼそ小さな声で講義したそうである。その例から推しても、晶子の中には明らかに相反する二つの性質がある。一つは内向的でやや臆病な、鋭敏な感覚。二つには大胆奔放にさえみえる行動の華麗な思い切りの良さである。

これを彼女の二面性とみるより、むしろ小心な余り、さまざまに鋭敏に反応しているうちに、内なるエネルギーが高まって抑えきれなくなり、一気に爆発する、というパターンとして捉える方が、私にはわかりやすい。抑えに抑えて口にするのももどかしい、それが歌になり、行動となる。

晶子の書もまた、書くまでに抑える段階、小心なほど鋭敏に考えている期間があったのではないか、と思うのである。そして一気に書く。思い切りがよく、巧緻ではないが清々（すがすが）とした気迫があるのはそのせいではないか。

幼児から筆を持つことに馴れ、店の帳簿つけもしたという晶子である。小心で内気な部分を内包するとはいえ、生涯に四万首以上の歌を作ったという晶子のエネルギーには、遊糸連綿体の王朝風な女手(おんなで)よりも、この個性的で直線的な文字こそふさわしかったといえるのかもしれない。

「清流」一九九五・三

仏蘭西の野は火の色す——晶子の色彩感

与謝野晶子の代表歌を、と人に問われたとき、私は、数ある愛誦歌の中から、ためらうことなく次の一首を選ぶだろう。

ああ皐月仏蘭西の野は火の色す君も雛罌粟われも雛罌粟

明治四十五（一九一二）年五月、晶子は七人の子を日本にのこして、単身、パリに在る夫鉄幹を追いかけてヨーロッパに渡って行った。時に晶子三十四歳。明治以後の詩歌に絶大な影響を与えた雑誌「明星」は、短歌の革新と、次代の母胎としての役目をすでに了え、明治四十一（一九〇八）年百号を以て終刊している。しかし晶子は女ざかり、仕事ざかりである。失意の鉄幹をパリへおくり出し、その旅費の工面もすべて晶子が八面六臂の活躍によって作った。夫婦の間も爆発寸前だったから、ひとりになって仕事に専念できることに、晶子は真実ほっとしたにちがいない。しかし、その安らぎも束の間、晶子は鉄幹なしでは生きられない自分に気づくのである。鉄幹もまた、永年の夢が現実となってパリに住むいま、一刻もはやく晶子にもこの空気を味わってほしいのであった。たびたびの誘いの手紙に、晶子はすべての絆をかなぐり捨ててパリへ向かった。昔、妻子ある鉄幹の胸にとび込むべく、家を捨て、親を捨て、すべての非難を覚悟の上で東京への汽車にとび乗ったあの勇気を、晶子は再び身の内によみがえらせた、としか言いようがない。

そしていま、コクリコの花のゆらぐフランスの野に、晶子はいる。この瞬間、さまざまな確執も労苦も子育てもお金も名誉も、何にもなくなっている。心から愛しあう恋人が二人、五月の風の中、燃えるひなげしの花の原にいるだけである。さわやかな風の中に、恋人も自分も、たおやかなひなげしの一輪と化して、花たちとともに花びらをふるわせ、風に揺れている。真紅の、ひなげしの花として——。

それにしても、この歌の充実ぶりはどうだろう。時と所を表現するのに、晶子は「ああ皐月」といい、「仏蘭西の野は」という。じつに大きいのである。そして「火の色す」と大胆不敵に言い切っている。この「火の色す」という形容のみごとさは、形象や動きの実態にこだわっていては到底生まれない種類のものである。へたをすればひとりよがりで思いつきだけになってしまう。しかし、ここには、晶子そのものがある。晶子の心の昂揚がそのまま強烈に押し出されている。読者はともかく圧倒されてしまう。楚々として優にやさしい女人の面影でなく、ヴィーナスのように豊艶で充実した、意志的でしかも感情量の多い、幅と厚みのある女人像が感じられる。それ以前に類型のない、新しい時代の像、とでもいおうか。その独断がすばらしい。

＊

ところで、この「火の色す」の独断のすばらしさに到達するまでに、晶子が踏んで来た色彩語の変遷に、私は注目したいのである。

「明星」は創刊号の誌上に「色彩の嗜好（一）」として文学界の著名人からのアンケートをのせていて、泉鏡花、小栗風葉、薄田泣菫、広津柳浪らが問いに応じているが、これはおそらく主筆鉄幹の企画であろう。また裸婦像の掲載によって発禁処分を受けた第八号には、「白馬会画評」として上田敏、与謝野鉄幹による懇切な絵画評を載せるなど、鉄幹の眼が詩歌以外、とくに絵画に向いていたのがわかるのだが、その割には、鉄幹の毎号の「小生の詩」はとくに色彩感に富んでいるというわけでもない。

ところが、この傾向に顕著な反応をみせたのは晶子であった。はじめて「明星」二号に載った「花がたみ」の作は、おそらく創刊号を見てからの作と思われるが、中に、

　しろすみれ桜がさねか紅梅か何につゝみて君に送らむ

の一首があり、晶子が生涯の作品を通じて保ちつづけたもののうち、鮮明な色彩感がはっきりよみとれると思う。晶子の処女歌集『みだれ髪』の登場は、当時の歌壇を震撼させるほどに鮮烈であっ

たが、その印象のうちのいくばくかは、今までの王朝系和歌から失われがちだった色彩の強さにあったような気がする。

いま『みだれ髪』(講談社版・全集第一刷、昭54)に即して晶子の歌を検証してみると、全体がじつにさまざまな色によって彩られているのに気づく。最初の章の小題が「臙脂紫」であるのも象徴的で、これが「臙脂色」と「紫」の二色をさすのか、臙脂がかった紫いろ、つまり、「赤紫」をいうのか、さだかではないが、言葉から伝わってくる印象は、かなり強烈で、当時の日本的好みからいうと、あまり洗練された色彩感とは思えないところがある。

さらに作品を見ると、この章のはじめから終りまで、ほとんどの作に、何かしら色彩を感じさせる語が入っているのに驚かされる。

椿それも梅もさなりき白かりきわが罪問はぬ色桃に見る

に代表されるように、白と桃色の印象と共に、椿、梅、桃の三種の花を次々にイメージ的に訴えてくるといった手法で、非常に色彩感がつよい歌群なのである。『みだれ髪』一巻の色彩語をざっと計量してみると、三九九首のうち、紅32、白32、紫17、黒9、他に青、緑、臙脂、水色、桃、黄、七色、金色などの語が見えるが、ことば自体は、淡紅色(ときいろ)、底くれなゐ、紫の虹、青貝ずり、紅筆、紅蓮(ぐれん)、黒百合、蝶のみづいろ、など、単なる形容語以上の自在さで用いられている。

その上、色彩語以外にも、色を連想させる語が、至るところにちりばめられているのも壮観で、たとえば「黒」を連想させる、夜、闇、髪、瞳、「赤」を連想させる血、焔などが頻出する。同時に、おびただしい花の名が登場する。菖蒲、紫苑、藤は「紫」、山吹は「黄」、若葉は「緑」、白百合、しら藤、しら蓮の「白」、そして、牡丹、木蓮、穂麦、芙蓉、つつじ、李、桃、桜、すみれ、菊、などなど、全歌数の三分の一にも当たる一一五首に、さまざまな色の花が詠み込まれている。

これはもう、色彩の坩堝（るつぼ）である。

晶子が意識したかしないかは別として、『みだれ髪』一巻が世上の読者に与えた強い印象は、一つにはこの渦巻く色彩感に端を発していたのではあるまいか。そこにはほとんど統一性がない。しかし、一種独特のめくるめくような色彩信号の伝達がある。この色彩に満ちた歌集を読んだ当時の人々は、今までの春霞のかかったような王朝風和歌と異る、目のさめるような短歌世界に出会ったにちがいない。

＊

周知のように、「明星」の女流歌人たちは、互いに白い花の名で呼び合った。鉄幹がその名を与えたという説もあるが、これは正確でない。最初、妻の滝野に白芙蓉の名を冠せたのは鉄幹であるが、山川登美子の白百合、増田雅子の白梅、中濱糸子の白藤は各自の歌にもとづいており、おおそは晶子の発案を中心に定まって行ったのではないか、と考えられる。その中で晶子は「白萩」の名を選んでいる。

この「白萩」のイメージは、どことなく晶子の像には似つかわしくない、と感じるのは私ばかりであろうか。「白萩」は、晶子の尊敬する先輩河合酔茗の詩にあやかっているのではないか、と私は推測しているが、これを選んだのは鉄幹ではなく、晶子自身と思われる。鉄幹は当時、多少の揶揄をこめて、晶子を「薊」の花にたとえている位で、鉄幹が白萩の名を与えたとは、到底考えられない。とすれば、「白萩」は晶子自身の選択によるであろう。

ではなぜ晶子が、自身に「白萩」の名をつけたのか、これは全くの推理でしかないが、晶子自身に「やさしくなよやかなもの」への強いあこがれがあったのでないか、と思うのである。本人は柄は大きいが、実際に会った人の印象によれば、人の前ではうつむいて、ぼそぼそと語り、さして明快な態度をとる人ではなかったという。どちらかといえば内向型、口下手、黙っているうちにどんどん内実の心がふくれあがり、一気に思いもかけぬほど大胆な発言をしてしまうという、間歇泉型の人柄であったのではないか。そして一気に大胆な発言や行動に走ったのちに、おそらくは一時自己嫌悪に陥り、しばらくすると激しく自己肯定の姿勢をとり戻すタイプである。女性としては、かなり厄介な性格だが、決して神経の太いタイプではないのである。

晶子を外からみれば、むしろ牡丹、あるいはひまわりにふさわしい濃厚絢爛たる雰囲気に思えるが、晶子自身は、心の底を占める「白萩」のように、古典的で王朝和歌的で雅びなものへの嗜好こそ、自分の本来の姿であると思いこみたがっていたのかもしれない。

それにしても、晶子と白萩との違和感はどうしても埋め難い。しかし、後になると晶子自身、牡丹を自らの姿に重ねる時期が来る。明治三十八年九月の「明星」には、日露戦争に参加していた森鷗外の送って来た歌稿が、「ゆめみるひと」の名で掲載された。その中で一段と人目をひいたのが、

　　ただ中は蓮華にかふる牡丹の座仏知れりや晶子曼陀羅

の一首であった。蓮華の座が牡丹に変るとき、その上に堂々と光り輝く晶子がいる。濃厚な牡丹の香りに、あたりはむせかえるばかり。この絢爛たるイメージによって、晶子は森鷗外から最高の讃辞を受けたことになる。晶子はその頃には数多く牡丹の花の歌を詠み、

　　牡丹とよぶ花にまされる子ならむや恋がよそほふ春の大王

などの歌を発表していて、すでに白萩の呪縛からは解き放たれていたようである。

＊

この鷗外の歌から表題をとって、佐藤春夫の有名な評伝『晶子曼陀羅』は生まれたが、その佐藤春夫と共に鉄幹門下に育った詩人堀口大學によれば、「明星」廃刊後も、晶子の才能は誰の眼にも

突出しており、あえて短歌によってその境地を超える自信のある者はなかったという。眩しいほど独特の才華であったのである。同時に、佐藤春夫が書いているように、鉄幹と晶子の間柄は、「魔王と女怪」という観点で捉えられることがあった。それほど晶子はエネルギーに充ちた存在だった。

私は、近代短歌革新運動について語るとき、鉄幹を「すぐれたプロデューサー」にたとえ、正岡子規を「すぐれたアジテーター」にたとえることがある。晶子は、鉄幹というすぐれたプロデューサーによってその才能を存分に開花させたわけだが、同時に晶子は、存在そのものがすでに「無言のアジテーター」としての役目を担っていたように思うのである。

鉄幹の理想とするところを鋭くキャッチし、たちまちそれを実現するエネルギーを十二分に持っていたところに、晶子の力量があり、才能の開花した所以もあった。晶子にかかると、すべての障害は乗り越えられるもののように見えてくる。本人がいかにつらい思いをしたにしても、他人からみれば、晶子の存在そのものが、短歌革新の勇気を与えるものであったともいえよう。いわば群衆の先頭に立つ無言のアジテーターであり、エネルギッシュなジャンヌ＝ダルクでもあった。

このような卓越したエネルギーは、たとえば前述の「色彩語」のとり入れ方にも積極的に表われてくる。『みだれ髪』の中にみちみちている彩りは、ほとんど枠をはめられていない。むしろ手あたり次第に色彩をとり込んでいる感じがする。それは鉄幹の示した「色彩への嗜好」という一事を、遮二無二実現しようとした結果であるようにみえる。その点、非常に敏感に反応しているのだが、一方にはそれを洗練する作業が十分にはなされていない。晶子には人一倍鋭敏な部分と、驚くほど鈍感な部分が並存していると思うことがあるが、ここにもその傾向がいちじるしい。しかし同時に、その田舎者的な未洗練の部分、混沌とした統一のなさこそ、晶子の将来を育てた基盤なのである。混沌の坩堝こそが晶子短歌の母胎となったのだ。従って「臙脂紫」を表題とする章の色彩の混沌を経過しない限り、のちの「火の色す」のすばらしい表現は生まれはしなかったであろう。

「明星」は明治の詩歌とその後の文学全体に測り知れぬ影響を与えたが、その活動期間は極めて短く、明治三十三（一九〇〇）年四月の発刊以来明治四十一（一九〇八）年十一月、百号をもって終刊を迎えるまで、わずか十年にも満たない。しかし浪曼主義の時代がたとえ駆け足で過ぎ去ろうとも、晶子自身の詩心は衰えはしなかった。獅子奮迅の勢いで働き、生活を支え子を育てて来た晶子は、恋人鉄幹と一対一に戻ったとき、混沌から抜け出てこのすばらしい一首を詠い上げたのだった。「火の色す」の直感的な一語の中には、『みだれ髪』以来のあらゆる混沌が一気に凝縮した、みごとな洗練がある。

「群像・日本の作家6」一九九二・四

「明星」そして「冬柏」

「明星」創刊は明治三十三年四月だった。翌明治三十四年は、西暦の一九〇一年。二十世紀という大きな節目を迎えたのである。

その正月三日、与謝野鉄幹は鎌倉にいた。新詩社の若い青年たちと共に、鎌倉を訪れて歌会を催したのである。鉄幹の他、水野葉舟（蝶郎）、有本芳水、高須梅渓、前田林外、高村砕雨（光太郎）などの錚錚たる同志たちであった。その夜、彼らは由比ヶ浜辺に出て、流木を集めて火を放ち、二十世紀の祝い火を焚いて、新しい短歌発展の鬨（とき）の声をあげたのだった。「明星」十一号には、その時の熱気にみちた記事が載っている。そしてその足で鉄幹は関西に向かった。神戸での集会に臨むためだった。

この時なぜ鎌倉に集まったのかはさだかでないが、当時の初期「明星」のヒロインと目されていた中濱糸子がこの地にいたことも、どこかで考えてよいかもしれない。糸子はジョン万次郎の孫娘に当り、長谷に別邸があった。現在も大仏前にある鎌倉病院がその地で、この病院は中濱家と岡田家との共同経営であったと聞いている。あるいは病弱の糸子が鎌倉で療養中であった、というようなことも、考えられなくはない。糸子は晶子が頭角を表わす以前の、「明星」創刊時からの主力メンバーでもあった。

いずれにしても、創刊から一年経たないこの時期に、二十世紀は幕を開け、「明星」の短期間とはいえ華麗極まる文学運動は、鎌倉の浜の焚火に送られて、野火のように勢いよくひろがって行くのである。

そのことを知って以来、私は次に来る二十一世紀の幕開けには、再び由比ヶ浜で野火を焚くことを夢みていた。実現までに約七年を経たが、次第に気運が高まり、まさしく二十一世紀初頭の一月六日、百年目の祝い火を焚くことができた。その夜は三百人もの人が熱い思いを抱いて集まったのも、思い出に新しい。同時期に私は短歌を鍛錬の場として日本語の美しさを伝えようという「星座—歌とことば」(かまくら春秋社)の創刊に踏み切った。鎌倉という土地柄は、何故か短歌にどこか似合うのか、二〇〇四年には超結社歌壇「鎌倉歌壇」が誕生し、鎌倉らしく、急がず慌てず、ゆっくり歩を進めている。現代短歌の世界ではすでに浪曼派だ写実派だなどといっている時世ではない。秀れた短歌を、美しい日本語を、次代に伝えていく義務を一人一人が負っていると思う。その根底に、鉄幹の「由比ヶ浜の野火」の熱気があったことを忘れてほしくないのである。

百年目の火を焚いたその宵、海の上の空には、驚くほど大きな宵の明星が輝き、燃えさかる炎の熱気をじっと見おろしているようだった。

こうして、現代歌人にも大きな影響を与えている「明星」の鉄幹だが、百年前のその日、鉄幹は二十世紀の迎え火を焚いたその足で皆に見送られて関西へ下った。神戸などで盛んな集会が催されたが、その帰途、鉄幹と晶子は京都の粟田山ではじめて二人だけの時を持ったといわれる。いわゆる「粟田山再遊」である。宵闇に白梅が香り、先に待っていた晶子の許に寛が合流したこと、翌朝の黒谷の朝靄の美しかったことなどが、二人の作品からじつに初々しく立ちのぼってくる。

「明星」は晶子という卓越した個性を得て、ぐんぐん力を伸ばした。周囲の反発も多く、鉄幹を嫉む人もあった。由比ヶ浜で同席した水野葉舟は「明星」を追われる形で去り、「文壇照魔鏡」事件の裏には、高須梅渓が参加していたといわれる。同志の田口掬汀は『魔詩人』を書いて鉄幹を非難した。

しかし一方、晶子、登美子、雅子をはじめ、多くの信奉者が鉄幹を支え、逆境にある「明星」をいっそう堅固なものにした。

それにしても、時代の変遷は速いものだ。十年足らずののち、明治四十一年十一月には、鉄幹は自らの手で「明星」終刊号を出して、短歌革新運動の終止符を打ったのだった。

いま、私の手元には、偶然入手した雑誌「冬柏」五号がある。「明星」終刊後、さまざまな経緯ののち、昭和五年三月に発刊された「明星」及び第二次「明星」を継ぐ形の歌誌である。新詩社の機関誌には違いないのだが、編集その他は平野万里が引き受けている。

そこにはすでに「明星」初期の熱気はない。しかし有島生馬筆の鉄幹像や、木下杢太郎の「亜米利加日記」、石井柏亭の歌、珍しいところでは尾崎咢堂の作品が載っている。鎌倉での「冬柏歌会」

の場を提供した「冬柏山房」の内山英保の歌もある。

「冬柏」発刊より少し前、昭和二年九月に、夫妻は東京荻窪にはじめて定住の地を得た。そして昭和四年、その一画に晶子の五十の賀を祝って「冬柏亭」が建てられた。ここからさらに晶子晩年の精力的な作品産出が続くのである。その窓の外には大きな椿（冬柏）の木があり、椿を好む夫妻はこれに因んで命名したといわれる。とくに晶子には若い頃「おち椿」の一連があって、多くの読者を魅了したものだった。

乳ぶさおさへ神秘のとばりそとけりぬここなる花の紅ぞ濃き　（明星十二号）
ほそきわがうなじにあまる御手（みて）のべてささへ給へな帰る夜の神　（同）

表紙には、椿の木彫画が用いられているところからも、「冬柏」が「椿」であるのは間ちがいないと思うのだが、これを確かめようと、諸橋轍次『大漢和辞典』をはじめ『草木辞苑』『和名類聚抄箋注』にまで手をのばしてみたが、遂に見出し得なかった。もしこの異名の典拠をご承知の方は、ぜひご教示頂けたら嬉しいと思う。

それにしても、この「冬柏」という語感からは、「明星」発刊時の熱気の渦はすでに感じられない。あの高揚した激しい語気からは遠く、「冬」に入ろうとする沈静と含蓄とが伝わってくる。柏には柏槙などの針葉樹と、柏餅などに遺る古代の食器代りの広葉樹と、二種あるようだが、私は

「椿」から離れて、乾いた落葉の堆積から沁み出る陽光の反射、その和ましい光沢を、「冬柏」の一語に勝手に感じとっている。そして永い戦いを抜けて来た夫妻の、晩年の光の柔らかさに同調してしまうのである。

「恋ふ恋ふ君と」鎌倉文学館展二〇〇六・四

Ⅱ　「明星」の女流歌人

近代短歌女性史より

山川登美子の場合

雑誌「明星」の成功は、前章において触れたように、与謝野鉄幹の才覚がタイムリーなものであったことに基づいているが、「明星」を舞台として華々しく活躍した何人かの女性たちによって、一そう輝かしく、魅力あるものとなった。そのもっとも華やかな登場者として、鳳（与謝野）晶子、山川登美子、増田（茅野）雅子などの名が知られている。

その一人、山川登美子の名は、「明星」第三号にはじめて載っているが、これは鉄幹が「明星」の創刊に際して、自分が選をしていた投書雑誌「文庫」の和歌欄から、めぼしい作者の一人として引き抜いたものであった。第二号には鳳晶子の名が初めてみえているが、これも同じケースで、「よしあし草」から引き抜かれたものであり、第六号に至ると、晶子、登美子は明星の中心メンバーとして、積極的に売り出されている。殆んど文学的自意識をもたない若い少女たちを中心に据えた鉄幹の方針は、「明星」の新鮮さを引き立てる一つの鍵となり、また、鉄幹自身の文学意識を植えつけ、育てる意味でも、彼女らはまことに格好な雛鳥たちであった。

鉄幹は、晶子を「ちぬの人」、前妻林滝野を「周防の君」と、その出身地の名で呼んでいるが、登美子のことも、「若狭の人」と呼んでいる。登美子の出身地は若狭、即ち福井県小浜の出で、格式高い士族の、厳格な家庭に育った、いわば「良家の子女」であった。そして少女時代には大阪に遊学し、当時の新しい教育の学校であったミッションスクール梅花女学校に学んでいる。短歌をはじめたのは、明治三十年頃であり、青少年の投稿雑誌「新声」「文庫」などで採用されたのが、初期の活動状況であった。つまり、登美子が文芸活動をはじめた時期は、すでに明治二十年代後半を経て、文壇一体に新しい文芸思潮が行き亘り、また、日清戦争によって国民意識も大きく変動し終えた明治三十年代初頭であった。

封建的な武士階層の厳格な家庭に育ったこと、キリスト教系の新しい女子教育を受けたこと、そして日清戦争後の時代に生きたこと、これらの事柄が、登美子の生き方と作品を著しく規制していることは否めないだろう。日清戦争後、近代産業の進展と共に、旧武士階層は新興階層の新鮮でエネルギッシュな力に押しまくられ、特権階級としての実質的な力を急速に失って行った。栄光を失って行く者の悲哀感、無力感、諦念などが、封建性への反発、「家」の重圧感などと入りまじって、無意識にせよ、登美子の心理に影響し、思考や行動の方向を位置づけたであろうことは想像に難くない。

多くの良家の子女がそうであったように、はじめは単に教養として古今調の和歌を詠んでいた登美子は、「明星」登場と共に、面目を一新して、所謂星菫（せいきん）調の代表選手としてその地位を確保することとなった。

「われらは互に自我の詩を発揮せんとす。われらの詩は古人の詩を模倣するにあらず、われらの詩なり、否、われら一人一人の発明したる詩なり。」という「新詩社清規」の指針に従い、浪曼主義的美意識にためらうことなく身を委ねて行った。鉄幹に対する恋心が、この傾向を一そう陶酔的なものとし、信仰的なものとすらなって、登美子の歌を推し進めて行ったのである。

「新詩社には、社友の交情ありて師弟の関係なし。」今までの旧派和歌の師弟関係から見れば、目を瞠る程に近代的な考え方が、その「清規」には明記されている。師弟関係をとりのぞく——この新しい空気が、さらに、登美子の恋、晶子の恋を助長させることともなったのであろう。

明治三十三年八月には、関西に下った鉄幹を迎えて、文学講話会や歌会がひらかれ、浜寺、住の江に同好の士と共に遊んだが、鉄幹は、岡山方面へ出向いた帰りに再び関西にもどり、高師の浜で再び歌会をひらいた。この短い期間の内に、鉄幹を中に、晶子と登美子のはげしい思慕と情熱が三つ巴の緊張をもつこととなり、晶子、登美子の生涯に大きな影響を与えることとなった。

この後、鉄幹は十一月に、晶子、登美子と共に京都粟田山に遊び、三人で旅館に一泊した。この時、鉄幹は、妻滝野にすでに萃（あつむ）という息子が生まれていたので、徳山の滝野の実家に、入籍を求めに行き、舅から拒絶されての帰途であった。登美子には、家で決められた同族の山川駐七郎の許へ、十二月には嫁入らねばならぬ運命が待っていた。失意の鉄幹は、自然、若い二女性に心の慰藉を見出そうとしたであろうし、登美子は自らの運命に対し、悲壮感を持ち、晶子はそれに同情して、三人三様に感激し易い状態にいたと思われる。この時の感激は、「明星」その他の誌上に、実にしばしば出てくるのであるが、この時を頂点として登美子は、鉄幹への思慕を断ち切り、親の決めた結婚生活への道を選んでいる。

それとなく紅き花みな友にゆづりそむきて泣きて忘れ草つむ　（晶子の君と住の江に遊びて）

の歌に登美子は万感をこめているが、ここには、忍従に甘んずる女性の、ある種の自己陶酔が匂っている。

登美子の悲劇はさらにつづいた。嫁いだ先の夫駐七郎は、わずか二年後に肺結核で死亡、登美子も結核に感染していたのである。しかし発病は後のことで、夫の死後二年を経て、登美子は上京して目白の日本女子大学に入学、再び新詩社に出入りするようになった。この時には、鉄幹はすでに滝野と離別して、晶子と結婚していた。

この女子大在学時代に、晶子及び女子大同窓の「明星」のメンバー増田雅子と三人の合著『恋ごろも』刊行の計画が起こった。ところが、これが学校当局の忌避にあい、登美子、雅子は停学処分を受けるという羽目になった。これが「恋ごろも事件」といわれるものである。現在正確な記録がのこっていないので、実際の原因は判然としないが、当時は「恋はお家の御法度」とか、「恋すなわち不義」という観念が一般を支配しており、また、文学を志すのは軟弱な不良であるという考え方が、世間の堅い家庭には普通に受け入れられる状態であった。したがって、教養としての旧派和歌を詠むことは奨励されても、恋愛を讃え、しかも新しい文学臭のある明星派短歌を作るということは、一面では危険思想視されていたのであった。良家の子女の最高教育を目標とする目白の女子大が、『恋ごろも』刊行に対して、小姑的な目を光らしたのも当時としてはあり得べき干渉であった。短歌関係の雑誌、新聞などは、登美子たちに同情的な論調で女子大当局の因循を責めたが、登美子、雅子は共に停学処分に付せられた。しかし、学校と父兄との話合いによってこの処分はじきに解かれたものらしい。『恋ごろも』は無事に出版されて世間の好評を買った。登美子は『恋ごろも』の終りにこの事件を主題とした作品を掲げて、

鋳られてはひとつ形のひと色の埴輪のさまに竈(かまど)出でむか
地にあらず歌にただ見るまぼろしの美しければ恋とこそ呼べ

など、学校側に対する批判と、自己の立場を主張してはいるが、事件は常識的な形でうやむやに解決されてしまい、旧態依然たる教育界の蒙を拓くところにまでは到らなかった。現在考えればとる

に足らぬ事件ともいえるが新時代における女性の受難の歴史の一齣として記憶されていいこと柄であろう。

この事件が無事に落着してのち、登美子はじきに発病して、退学している。ついで、厳格ではあったが登美子を愛してやまなかった父の死に遭い、やがて心の拠り所であった「明星」が廃刊されるなど、悲しみの連続の内に、三十一歳の短い生涯を終えた。時に明治四十二年四月のことであった。

この短い生涯を通じて、登美子は約四五〇首の歌を発表し（他に未発表作品約七〇〇首余）「明星」全盛時代の担い手の一人として高く評価されている。しかし、その名は、常に晶子の名と「併称」されるという形で伝えられてきている所に、一つの特色がある。晶子が積極的、行動的、開放的であり、恋の勝利者、新しい短歌の聖火をかかげる華麗な登場者としてつねに「陽」性の解釈をされるのに対して、登美子は、消極的、閉鎖的、病弱、薄倖、失恋など、「陰」性の代表のように語られてきた。ある意味では、この時期における晶子と登美子は、二つの対比的な女性の生き方の典型であるとの見方も成立するのであるが、その先天的性質や作品の内包する性格から推して、単純に「陽」と「陰」とに位置づけることには大きな無理があるようだ。むしろ登美子の場合は、時代の推移の波に揉まれ、いまだはっきりと独立した自覚をもって行動し得なかった一人の女性の悲劇として把握した方がより正当であるように思われる。

晶子の歌に、

君が才をあまり妬しと思ひながら待たるる心神ならで知らじ

というのがあり、登美子の才能は、晶子も一目置かねばならぬ程、一般にもみとめられていた。にもかかわらず、その死後の評価は、前述のように、晶子との対比によって常に規制され、また作品よりもむしろその悲劇的な生き方が、興味と研究の対象となっている。

登美子の作品は、浪曼主義短歌の代表のように言われていながら、実際には彼女の心理と表裏一体であり、生活に密着していて、意外にリアリティに富んでいるが、生き方と作品が不可分な関係になりがちで、作品としての独立性をやや薄いものとしている。このことは、短歌の本質的性格に関連して考えることもできるが、山川登美子の場合、登美子自体の短歌に対する考え方の度合いが、晶子の場合と著しく違う性格を帯びているせいもあるだろう。晶子の場合は、たとえ未熟ではあっても、自己の眼で何かを見据えたような個性と、作家精神の強靭さを感じさせるが、登美子の作品は、どこか夢みがちで、生きる場、即ち現実というものに対して概念的であり、本質的なひよわさを感じさせる面がある。

晶子は、ややエキセントリックな性格の持ち主であり、またその故に秀でた作家となったともいえるが、登美子は恋をあきらめて結婚し、死別し、再び学園に戻り、やがて自らも夭折するという一生涯を通じ、ついに文学少女的ひよわさから脱し切れなかったといってよい。しかしそれ故に、むしろ晶子の在り方よりも一そう、当時の、時代の女性の在り方を体現しているともいえる。晶子のように、文学と生き方との両面において力強く時代を切り拓いた女性の背後に、登美子をもって代表される「薄倖な」あるいは「哀婉な」生涯を送った幾多の女性が存在していたことを考えなければならない。

髪ながき少女とうまれしろ百合に額（ぬか）は伏せつつ君をこそ思へ　　『恋ごろも』

『恋ごろも』の内、山川登美子集である「白百合」巻頭のこの一首は、登美子の持つ本質的要素を全面的に示した一首といってもいいであろう。そこには、清純で、はかなくて、しかも西欧的な、憧憬の世界が呈示されている。おそらくこれが、登美子の目指した美的世界であり最も純粋な形で登美子の美意識を具現したもののように思われる。

鉄幹自身の歌は、日清戦争前後にはいわゆる「虎剣調」の青年の客気と慷慨にみちたものであったが、やがて青春や恋のあこがれやなやみをうたう「星菫調」へ移行して行った。石山徹郎氏はこの間の歌風の転移について「当時の彼の歌に一貫して流れてゐるものは、気を負ひ、才を恃む青年の感傷であり、日清戦争前後におけるこの国の青年層の間に漲つてゐたロマンティシズムを、あのやうな形で典型化した一つの気分である。従つてそれは境遇の変化につれて「虎」や「剣」にもなれば、「星」や「菫」にもなり得るものであつた。畢竟、彼にあつては、「虎剣調」と「星菫調」とは、盾の両面にすぎなかつたのである。」と述べておられる。この、鉄幹の指標である「ロマンティシズム」を、自己の個性に合わせて、十分強烈に展開して行き、鉄幹以上に広汎な世界をきりひらいたのが晶子であり、鉄幹の「星菫」調の片面の中で、特に自分に適応した部分だけを、直感的に採り入れて行ったのが登美子であった。鉄幹に対してひたすらに慕い寄る愛情を背景に、登美子は鉄幹のもつ「清純なものへの憧憬」を、啓示のように鋭敏に嗅ぎ取り、それを自らの世界として深めて行った。そしてそれ故に、登美子は生涯、鉄幹の影響から脱出することができなかった。

正富汪洋氏の「鉄幹を循る女性群」によれば、「鉄幹は、花では芙蓉を第一に好み、それを滝野の愛称として、「白芙蓉の君」、晶子に「白萩」、登美子に「白百合」、雅子に「白梅」を与えた。晶子が寛によせた手紙に、滝野には与えてもよいが、雅子さん達に与えると、ことひとにこの芙蓉の名ゆるし給うなとのみ」とある。

又、「鉄幹は、肉的関係があって、愛人として長く愛を続けたくおもう女性に、或は、今後、肉の関係の容易につきそうな女を、姉妹と互に呼ばせて、睦まじくさせておきたい希望がある。それで、滝野にも、晶子と姉妹となれと申しおくっている。晶子と登美子は、寛のいう通りに、晶子が姉で、登美子が妹となっている」とある。

いま、登美子が結婚前にはたして寛と深い関係にあったか否かを穿鑿する気はないが、少なくとも、寛がロマンティシズムの美名の下に、男のエゴイズムを粉飾し、登美子が疑うこともなくそれを肯定している姿を推察することができよう。登美子は寛の求めるままに自分たちの間を美化し、自らの在り方を美化しつづけている。

こゑあげてよぶにまどひぬ星の世に小百合しら萩もつ神は一つ　（明星十一号）
われ病みぬふたりが恋ふる君ゆゑに姉をねたむと身をはかなむと　（明星四号）

などにみられるように、登美子にとって、鉄幹の存在は現実を超えた神に近く、その手のふれる所にふれ、その好むところを好むといった烈しい傾倒と追随がみられるのである。

恋する者が、相手に好ましい人間であろうとして自らを変えて行くのと同じように、登美子は自らの作品を、鉄幹の好むタイプの鋳型へ流し込んで行ったのではあるまいか。「恋ごろも事件」に際して、学校当局の鋳型にはめられることに批判的であった登美子も、所詮は、愛する男性の鋳型には、自ら進んではまり込んで行ったのである。登美子は、晶子のように、鉄幹をも踏台にして伸びて行く個性の強い作家ではなかったし、自我意識に目醒めた新しい女性像として登美子を捉えることも難しいように思う。意にそまぬ結婚問題を控えて、登美子は、

画筆うばひ歌筆折らせ子の幸と御親のなさけ嗚呼あなかしこ　（明星十号）
さはいへどさはことほげど我もをとめあけの袖口けさ引き裂きぬ　（同）

など、懊悩の悲鳴のきこえるような作品をのこしているが、しかし、そこには、自らの運命を何らかの形できり拓いて行こうとする意志を殆んどみることができない。多少被虐的な、あるいは、自らを悲劇のヒロインとして眺めるといった、内向型の女性にしばしば見られる自己陶酔がそこにも存在している。

また登美子の好んだ「白」の色彩や、「百合」「露」「星」などの素材は、少女趣味的ではあるが、キリスト教的清純さの表現となり、殉教、あるいは自己犠牲の匂いが濃い。晶子のディオニュソス的自己主張と同じ舞台に、登美子の殉教的な自己主張が行なわれている所に、当時の女性たちの思想的多様性——といっても極めて無自覚な形ではあるが——が見られるのであるが、それすら、指導者である唯一の男性、与謝野鉄幹の影響にすぎないと見ることも可能であろう。

「明星」派短歌は、浪曼主義文学の華やかな開花として、明治文学史を彩っているが、その実態は、例えばドイツ浪曼主義文学にみられるような、伝統の上の必然として生まれた哲学思想に支えられたものではなかった。思想的鎖国から開放された日本が、明治二十年中期以後、次から次へと洗礼を受けた西欧思想の波は、日本古来の思想とは全く異なった風土から飛びこんで来ては、定着する間もなく、次の思想の波と重なって行った。浪曼主義と称される明星の短歌が、その華々しさにもかかわらず、短い命脈を終えて、次代の自然主義と称せられるものの中に消えて行ったのも、故のないことではなかった。換言すれば、明星の短歌は、浪曼主義文学の骨格を完備してはいなかった。いわば「浪曼的色彩の極めて濃い」文学作品にすぎなかった。その中で与謝野晶子だけは、その作家的資質の秀れていた故に、賛否の批評いずれにしても、その存在は明確な形で文学史上に遺ることとなるだろう。しかし、山川登美子の上には、以上述べてきたような理由から、作家としての力強い骨格を肯定することはできない。ただ、晶子という作家の誕生に対して、鉄幹と共に無視できぬ影響を与える立場に在ったこと、そして、明星の枠の中で、臆することなく「青春のセンチメンタリズム」を謳いつづけたことに大きな意味があると思う。西欧的色彩の濃い素材を引き入れ、罪の意識をもちつつ恋愛を謳ったこと、そしてそれを女性の手でなしたこと自体に、旧派和歌的固定観念を打破する効果と意義があったことは認めなければならない。短歌の革新とは、理論は別として、作品上においてこうした文学少女的新人によってのみなしとげられるものなのかもしれない。

登美子の恋、失意の結婚、恋ごろも事件などを通じて感じられるものは、一種の悲壮的自己陶酔である。晶子は、寛から貪欲に奪いながら成長し、自己を主張し、生の歓喜を謳って、短歌の内部革新をもたらした。しかし、一旦青春謳歌の道具として新鮮な蘇りをみせた短歌形式は、一方、登美子によって、他の一面に道をひらかれたと見ることもできるだろう。即ち短歌は、悲劇的色彩の濃い、詠歎、告白としての機能を著しく助長されることになった。晶子によって取り戻された短歌の青春性は、次代の女性に継ぐものがなかったが、文学少女的な感傷性、悲哀感の表現の場としての登美子の短歌は、この後も長く女性短歌の一つの流れを形成するという、皮肉な現象をもたらすに至った。
浪曼主義的であろうと、写実主義的であろうと、女性歌人にとって、短歌が一つの排悶の場となり、自己陶酔の性格を帯びる傾向は、近代短歌の持つ一つの宿命とさえなっている。その源流を求めると、吾々は最も影響力の強そうな晶子に行きつくことなく、むしろ晶子の陰に微かな形で存在している登美子の作品に行き当たるのである。
登美子の作品を真の意味で文学と呼び得るか否か判断にためらうが、ともあれ、時代々々における女性の生活と短歌との並々ならぬ結びつきをここにも見ることができるし、当時の女性の一典型として登美子の生活の軌跡を、作品の中に辿ることも、意味のないことではないだろう。作家的ひよわさの割に、登美子の存在が意外に高く評価されている秘密も、このような所に根ざしているのであろうか。

追記・登美子の作品、経歴に関しては従来『恋ごろも』の他、改造社版『現代短歌全集17巻』所収のもの、「明星」所載のもの程度しか知られていなかったが、後に『山川登美子集』（昭36・11福井大学坂本政親氏編著）『山川登美子遺稿』（昭37・3杉原丈夫氏著）が相次いで刊行され、未発表の作品、文章に触れることができるようになったことを特に付記しておく。

「短歌」一九六二・九

「明星」初期の女流歌人

1　はじめに

「明星」の創刊は明治三十三（一九〇〇）年四月、終刊は明治四十一（一九〇八）年十一月、期間にして八年八ヶ月、号数にして百号、結社の機関誌としては、極めて短期間であった。しかし、この雑誌が、短歌の革新に与えた影響は、まことに甚大であり、「明星」という舞台がなければ、近代短歌への脱皮はあり得なかった、といっても過言ではないだろう。

「明星」が時には嫉視反目を買うほどに斬新な短歌革新をなし遂げ得たのは、指導者でもあった与謝野鉄幹の「方針」によるところが大きい。その方針とは、

(1)いちはやく最新の西欧思想、西欧美術・文学の傾向を採り入れたこと。
(2)男性優先の社会において「女性」を抜擢し、尊重したこと。

(3)封建社会の沈滞の中で、新鮮で女性ごのみの「恋」「星」「花」などのキーワードを自由に共有したこと。

などに特色があろう。

この稿では、主として「明星」初期に重点を置いて、「明星」女流歌人の育成と開花の経緯を概観してみたいと思う。

2 「明星」以前・女流不在のこと

明治維新は、政治上の革命であると同時に、怒濤のように押し寄せる文化革命の様相を持っていた。その時代変革の嵐の中で、古い伝統を負う「和歌」の世界は、「旧いもの」の代表として攻撃にさらされ、ほとんど窒息寸前の状態に追いこまれていた。

あの美しい「和歌」を遺した王朝の女流和歌は、千年の移ろいの中で受け継がれる間に、次第に形骸化し、教養化して、創作のエネルギーを失っていたのである。没落する公卿貴族の権威と経済を支えるために「古今伝授」などが秘密めいた形で切り売りされている実態があった。

わずかに、幕末・明治初期に名の残る女流といえば、野村望東尼・太田垣蓮月などの尼僧歌人、そして明治天皇のお声がかりで伝統保存の足掛かりを得た「御歌所（おうたどころ）」を中心に、税所（さいしょ）敦子、下田歌子、また樋口一葉の師であった中島歌子などの名が知られるが、今見るといずれもまことにお行儀よくつつましく、その作品は形式的な王朝和歌追随、もしくは王朝憧憬の世界でしかない。

江戸時代という、儒教的な社会の中では、女流歌人の出番は県門の三才女などがわずかに軌跡をのこすだけで極めて少なく、かつ、そこは個性が強くては生きられない場でもあった。女流歌人の生まれる余地はほとんどなかったといってよい。

しかし一方で、「和歌」は、上流社会の教養と考えられ、求められればその場で即詠し、色紙短冊に墨の跡も美しく書き流す優雅な才知を具えていなければ「良家の子女」とは認められない、という実態があった。また「小倉百人一首」の暗誦を基本とする「歌留多とり」は上部階級に育った若い男女が、毎年正月、大っぴらに交際できる唯一の場でもあった。

晶子が弟に付き添われて「関西青年文学会」の新年歌会に、ともあれ挨拶に赴くことができたのも、「和歌」という教養を共有する知的階層の集まりである、という認識が、周囲にあったからに他ならない。「和歌」は、当時社会的規則の強かった男女交際の免罪符にもなり得たのである。

この前提を踏まえて考えると、「明星」初期の鉄幹をとり巻く男女交際の実態が、よく理解できるのではなかろうか。

3 鉄幹、ジャンヌ=ダルクを仕立てること

どの時代でも、短歌の革新がはかられる際には、原点への回帰がその指標となる。鎌倉時代の実朝、江戸時代の契沖や田安宗武などがその例であろうが、鉄幹もまた、初期には「万葉に還れ」と説いた。同時代の正岡子規も同じく「万葉調」を強調し、その方向はのちに「アララギ」系の写生主義に受け継がれ、とくに斎藤茂吉の中期作品に新しい結実を見せた。これに対して鉄幹は、早くに「万葉」を棄てて、「西欧」の文学思想に範をもとめて転換を試みている。

この方向にいち早く反応を示したのが、当時の文学青年たちである。中でも若い女性たちがその流れに競って乗りはじめる。彼女らは結婚適齢期にあり、しかも自由な男女交際など全く認めない「しきたり」の中で、親の言うなりに見合結婚をし、家庭に入るのが常識、という時代でもあった。くすぶる不満と外界への憧憬が、女たちを、鉄幹によって提示される「新しい和歌」への積極的な接触、という方向へ駆り立てて行く。あたかも日清戦争後で、アプレ=ゲールの解放的風潮も多少はあったであろう。結社誌「明星」は、若い女性たちにとって、たいそう魅力的な社会への窓でもあったのである。

試みに、初期「明星」に載った外国の文化人たちの名を拾ってみるとよい。当時の表記通りに記

すと、ゲーテ、テニソン、ハイネー、シェレー、バイロン、ドデエ、ツルゲネフ、フロオベル、ゾラ、トルストイ、ミレ等々の名を見出すのは容易である。以上の名は、「明星」がまだ新聞形式だった第五号までの紙上から拾った。

乾いた海綿が水を吸うように、初期「明星」に在籍する晶子や登美子らは、これらの知識を吸収していく。「明星」三号にＲＴ生の名で高山樗牛（ちょぎゅう）が「ハイネが事」を書いている。ハイネの「ネ」が「子（ね）」、「が」が「の」という変体仮名なのも、当時を偲ばせておもしろいが、ここに書かれた、ゲーテとハイネの、ワイマールにおける会見と、双方の誤解の件などを、晶子は食い入るように読んだにちがいない。

「明星」七号に載った晶子の「わすれじ」の一文は、鉄幹と晶子、登美子を含めて催された浜寺での劇的な歌会、住之江、高師の浜での再会に触れたものだが、その中に、

「六日、浜寺の松の老木のもとに月を浴びつつ、ワイマルにおけるゲーテーの成功を君に祈れど、かしこに出でて後のゲーテーのなさけにはならひ給ふなと語りし夜よ」


とある。「明星」上の一語一句、歌会での一語一句が、いかに晶子の心に強い刺激となったか、大切であったかを推量できよう。

また、カタカナ語を短歌の中に果敢に取り込んだのも、女流としては晶子が最も早い。

花にそむきダビデの歌を誦せんにはあまりに若き我身とぞ思ふ　（明星三号）

鉄幹は、こうした女流特有の憧憬と向上心、そして自身への女弟子たちの恋ごころまでも、短歌革新のためにみごとに利用したようにみえる。鉄幹には、晶子と登美子の恋の競い合いを、おそらく初めのうちは余裕をもって操る気持もあったと思われる。内縁といえ、妻子ある身を承知の上で、女弟子たちの恋の鞘当てを、微妙に、文学上の競い合いに置き換え、短歌革新のエネルギーに変えていった。

燃えるエネルギーの噴出場所を求めるのは若者の常であるが、とくに若い女性が恋に陥ったとき、恋する人の声は神の声となり、その指示に従って果敢な殉教の戦士となる。それを知ってか知らずか、鉄幹は若い女流を、短歌革新の先頭に立てた。

こゑあげてよぶにまどひぬ星の世に小百合しら萩もつ神はひとつ　（明星十一号）

登美子はこう歌う。小百合は登美子、白萩は晶子。二人の恋する若き師はまさに「神」なのである。のちに登美子は結婚して鉄幹の許を去り、晶子は鉄幹と結婚する。そして登美子が三十一歳の若さで亡くなったとき、鉄幹は

わが為に路ぎよめせし二少女(ふたをとめ)一人は在りてひとり天翔(あまがけ)る

と詠っている。鉄幹は二人の若い女性を「路ぎよめ」に使ったというのだから、「神」の役を演じたと自認していたのである。鉄幹はすぐれたプロデュース感覚を持っている。「明星」「みだれ髪」などのネーミングも巧みであり、すばやく西欧文化の香りをとり入れたセンスも群を抜いている。正岡子規はアジテーターとして秀れ、鉄幹はプロデューサーとして出色だとは、私のくり返し述べて来たところだが、「明星」の活動を成功に導いた鉄幹のプロデューサーとしての感覚は、まず、この「若い女性」を、殉教者的なジャンヌ＝ダルク風に先頭に立てたところに、十分に活かされたといってよい。男性でなく、女性を旗手に仕立てたところに、道は拓けたのである。

4　女流、花の名に呼び合うこと

「明星」初期の若い女性たちは、とりあえず見知らぬながら誌上に歌友を見出だし、お互いに文通をするようになる。はじめはお互いの秀作を褒め合い、批評するところからはじまったと思われるが、今まで家族、親戚、学友くらいしか交友のなかった女性たちにとっては、歌友との文通は、新しい境域を作り出すよすがにもなった。現代のEメールやインターネット上の文通に近い新鮮さは「未知の友」と親しくなる所にあったであろう。しかもここにも、「和歌」を作る人、という、知的共通項がある。未知の人と文通したり口を利くなどは、当時としては、〃はしたない〃行為であったが、ここでも和歌は「免罪符」的性格を発揮した。お互いにまだ若く、どこか疎外感や若さ故の不満感を抱くもの同士が、文通上で親しくなるのに日はかからない。

晶子に至ってはほとんど「手紙魔」の様相をもち、男性に対しても「歌友」という一点だけを免罪符に、ひっきりなしに手紙を送りつける。最初に対象とされたのは同郷覚応寺の跡継ぎ河野鉄南である。毎日毎日、或る時は日に二度も、男名前を用いて手紙を送り、

——二三日も御返事まち申してもなき時は私は死ぬべく候

と言い遣ったかと思うと、夕方には、

——死ぬべくなど不吉なる事申して御兄様に御こころづかひさせしつみ何とぞ御ゆるし被下度候。あなた様の御こころひとつにて私は楽天主義とも相なり申すべく候

とまた手紙を送る。強引な恋文作戦である。他にも「明星」の仲間の宅雁月、中山梟庵、尊敬していた河井酔茗、後には水野葉舟、窪田空穂、有馬武郎なども手紙攻勢に遭い、中には自分だけへの

恋文と勘ちがいする人もあった。これは晶子の創作活動の前段階であり、一種の旺盛な習作活動と見られなくもない。

この手紙が、女性の歌仲間にも向けられ、それぞれの間に手紙が飛び交い、親密度を増して行った。女友だち同士が親密になることを鉄幹は奨励したようで、お互いに「姉妹」になるようにとすすめている。晶子は鉄幹の妻林滝野を姉上と呼んでおり、登美子が若狭へ去ったあとには、『紫式部集』で紫式部が筑紫へ去った人と「姉君」「中の君」と呼び合ったのになぞらえて歌ってもいる。

こうした若い娘同士の文通は、戦前の女学校で一般に見られた「S（エス）」関係のルーツでもあろう。Sとは姉妹（シスター）のことで、上級生と下級生との間で、擬似恋愛的な文通が行なわれるのである。思春前期の女の子たちの、ごく無難な恋文習練のようなものである。男性との交友の一般化した現代から見れば奇妙なものにみえようが、「明星」の女性たちの関わりを考える上で一つの鍵にはなるだろう。

ところで、若い女性たちは、文通したり「明星」に投稿する歌作や文章を書く中で、お互いに一種の連帯感を持ちはじめ、歌作の中の素材・ことば・傾向の共有をたのしむようになる。男性がその輪に入ることもあるが、主流は女流であり、それもかなり初期の限られた人々の、目にみえないグループが形成されていく。このグループ化はかなり限定的かつ閉鎖的で、割り込もうとする人がいてもいつか排除され、気の合った人だけの親密グループになるという、いわばかなりエリート意識のつよい、排他的な小集団である。

その仲間の間で、お互いに花の名で呼び合うという慣わしが出来上がってくる。大雑把にいえば、主としてその人にふさわしく、多くはその歌の中からとって命名される場合が多い。中濱糸子の「白藤」、林のぶ子の「白ばら」、鳳晶子の「白萩」、山川登美子の「白百合」、増田雅子の「白梅」、それに林滝野の「白芙蓉」などなどである。

のちに林滝野を妻とした正富汪洋の『明治の青春』によれば、鉄幹は、「まわりにいる気に入りの女性に花の名を与える趣味があ」ってこれらの名が生まれたと書いているが、「明星」その他の資料に当たって調べた限りでは、最初、滝野に「白芙蓉」の愛称を与えたのは鉄幹であったようだが、それ以後はむしろ晶子が中心になって呼び名を決めていったらしい形跡がある。「白藤」「白百合」「白梅」はそれぞれの「明星」掲載の秀作からとられている。

このうち林滝野の「白芙蓉」は、鉄幹の妻に冠せられているだけに、一種神聖な名となっていたようで、鉄幹が一時、登美子を「芙蓉」に喩えたのを見た晶子は、その名だけは滝野以外の誰にも与えないように、と牽(けん)制している。明治三十三年八月十五日の「後の浜寺の歌会」で、渚の散策で拾ったつぶらな白い石を掌にのせて、鉄幹は「登美子の芙蓉」と銘をつけたのである。「明星」八号には、

君が頬と我頬とふれてつきしいき芙蓉の風のゆらぐと思ひし　鉄幹
我いきを芙蓉の風にたとへますな十三絃を一いきに切る　登美子

とある。二人の心の接近に、晶子が警戒心を抱いたのであろう。

5　薊女史即ち白萩のこと

ところで、晶子は「白萩」を名乗っており、これはどこに出典があるのか、はっきりはわからない。それに、どう考えても晶子に白萩のイメージは似つかわしくないように思われる。斬新なイメージではなく、在来の和歌的な、たおやかでほっそりした印象の名である。むしろ鉄幹が粟田山の会合のあと、いくらか揶揄をこめて喩えたように「薊」のイメージの方が似つかわしいようでもある。

「明星」六号手紙の欄に、葉書にバイロン風な恋の口づけの歌を送って来た「なにがし様」に対して、晶子が激しく反駁する一文が載っている。人眼に触れる葉書にその様な歌を書いてくる無神経さに対して、「似非(えせ)みやびを」とまで非難しているのだが、この男は神戸の広江洒骨であったらしい。鉄幹は書簡の中に「バイロン調の洒骨様の歌には骨が折れ申候、と薊女史より申越され候」と書いている。「バイロン」もまた「明星」誌友の共通語彙でもあり、必ずしも洒骨とは断言できないが、ここに鉄幹が「薊女史」と書いているのに注意をひかれる。

わがやまひはげくしなりぬあざみぐさ口に吸ふ子を夢に見しより　鉄幹（明星六号）
おにあざみ摘みて前歯にかみくだきにくき東の空ながめやる　晶子（明星七号）
おそろしき夜叉のすがたになるものかあざみくはへてふりかへる時　鉄幹（明星七号）

明治三十三年八月四日、鉄幹が西下して、はじめて晶子に面会して以来、五日の講演会、六日浜寺歌会、九日住の江での小集会、十五日二度目の浜寺、と、晶子も登美子も、鉄幹のふりまく新しい詩歌のエネルギーの光輝に、否応なく捲き込まれて行った。帰京後病に伏した鉄幹だが、その病中に見た晶子の幻を「薊」に喩えたのに対し、晶子もそれをユーモアを以ってうけ入れているので、「薊女史」は誌友たちには知られた比喩だったろう。また、「明星」六号開巻のページの枠罫に薊があしらわれていて、これも斬新な印象を、読者に与えていた。旧来の和歌の歌材にはなりにくい花であるが、世紀末西欧のアール＝ヌーヴォーのデザインには、しばしば「薊」は登場している。

そのような何種類かの素因を考えると、晶子の呼び名「白萩」がいよいよ不似合いに思われてくる。

おもひおもふ今のこころに分ち分かず君や白萩われや白百合　晶子（明星十号）

とあるように、晶子と登美子は、才をきそい合いながらも、同じ理想にむかって、同じ恋に向かって歩いた。

　髪ながき少女とうまれしろ百合に額(ぬか)は伏せつつ君をこそ思へ　　登美子

は登美子の代表作の一つでもあり、晶子・雅子との三人の合作歌集『恋ごろも』の開巻一首目を飾った作である。その登美子集の表題も「白百合」であり、登美子のイメージの「白百合」は動かし難い。鉄幹は「リリーの君」と呼ぶこともあった。「シラユリ」でなく「シロユリ」と音韻がはっきりしているところも、登美子らしさを表わしている。

　それに対応するにしては、晶子の「白萩」は私にはなかなか納得が行かない。晶子が尊敬していた河合酔茗の命名だとか、酔茗の詩から貰ったのだという説もあるようだが、結局さだかではない。この命名の異和感はどうしても、晶子自身の名乗りである、と思う他に理解しきれない気がする。勝手な想像をすれば、晶子は、本来自分の中に欠如しているものにいちはやく気付いており、それに対して無意識のうちに憧憬を抱いていたのではないか、と思うのである。なよやかで雅び、しかし生命力は抜群という萩の花。こまやかな花、しなやかな枝、風のまにまに揺れる萩のイメージは、紅萩に代表されるが、それが白萩であれば、いっそう清楚なイメージを受ける。古典文学に詳しい晶子にとって、『源氏物語』に最初に登場する花が「小萩」であることも、『万葉』の小牡鹿の妻恋いと萩の花の関わりも、先刻承知のことであったろう。「白萩」と晶子の間の異和感は、読者側のものであって、晶子は自らを「白萩」として人々にアピールし、演出したのではないか、という感触を私は持つのである。

ちなみに『みだれ髪』には、

ふさひ知らぬ新婦（にひびと）かざすしら萩に今宵の神のそと片笑みし

君ゆくとその夕ぐれに二人して柱にそめし白萩の歌

がある。前者は初出不明、後者は「明星」七号初出の歌。晶子に何かの思い入れがあったらしいことが伝わってくる。

アール＝ヌーヴォーの中では、とくに白い花が象徴的に用いられているのだが、その中には「萩」のようなこまやかな枝花は見当たらない。「明星」に著しい影響を与えたアルフォンス・ミュシャにしても、アール＝ヌーヴォーの祖型ともいえる植物画のポール・ジョセフ・ルドゥにしても、花の形は鮮明なものが多い。たとえば百合、たとえば薔薇、あるいはアイリス、ポピー、昼顔、葡萄の実、吊鐘草などが表材となる。薊もむろん使われている（ゲープレイスによる「ステューディオ誌」のカットなど）。

これに比べると「萩」はじつに日本的なのである。同じ「白」の花の命名の中には、白藤（糸子）、白梅（雅子）があり、いずれも日本的な代表花である。このあたりにも、晶子が単にゲーテやハイネに代表される西欧の味わいにだけ魅了されていたのではないことが推測できよう。古典的伝統への指向を見失ってはいなかったとも思えるのである。

6　星菫調と星の子のこと

「東京新詩社」の結成後いくばくもなく機関誌「明星」が創刊されたのは、明治三十三年四月である。鉄幹は落合直文門下にあって浅香社創立に活躍。二六新報記者として「亡国の音」を発表、旧派和歌を攻撃して、和歌革新の急先鋒となるが、大陸雄飛をゆめみて、渡韓すること三度、明治二十九年の詩歌集『東西南北』、翌年の『天地玄黄』によって、すでに世間に名を知られていた。大陸壮士風な高揚して歯切れのよいその歌調は人々に迎えられており、その詞語に因んで「虎の鉄幹」と呼ばれ、その詩歌の調べは「虎剣（こけん）調」と称せられていた。閔妃（びんぴ）事件にも関わったといわれる大陸での行動や壮気は、結局頓座して、新たに「短歌革新」に情熱を賭けることになった。

この間、最初の妻浅田信子（さだ）、二番目の妻林滝野によって経済は支えられたようである。共に白蓮女学校（のちの徳山女学校）に教鞭をとっていた時代の教え子であった。「明星」一、二号の発行人に林滝野の名があるのはそのせいであろうが、いずれにせよ、鉄幹はこの「明星」の失敗は許されない立場にあった。

ここで鉄幹の斬新大胆な転換が行なわれる。『万葉』から「西欧」へ、男性作者から女性作家へ、剛毅から柔軟へ、山水画から油絵へ、漢文調から翻訳調へ、芸術調からデザイン調へ……。あらゆる脱皮、移行が、短期間の内に達成されて行く。鉄幹には、時代を先取りする視点があったのである。そして、「虎剣調」は一転して「星菫調」へ移行転換して行く。世間はこの豹変をわらったが、現代の眼でみれば、たいへんな慧眼であり、進取の勇気を持っていたといわざるを得ない。

まず「明星」の命名がいい。音韻が美しく、印象がすがすがしい。仏門出の人であるから、あるいは空海の悟りの場面なども、どこかに踏まえていたのかもしれない。そうとすれば、この「明星」はすがすがしい「暁の明星」であるはずなのだが、これがいつか世紀末風デカダンの色彩をさえ帯びて、若人たちの心をしっかりと捉えるのである。

7 「明星」初期女流展望のこと

「明星」創刊一号には、薄田泣菫、島崎藤村、蒲原有明など、当時の新進詩人の新体詩が並んでおり、とくに藤村の「旅情」は、例の「小諸なる古城のほとり、雲白く遊子悲しむ」の名吟である。また有明は「菫の歌」で、共に読者女性の心をしっかり摑んだにちがいない。短歌の近代化に、新体詩が大きな先導をしたことも忘れてはならないだろう。

この一号には、女性作者の姿はまだ少く、「白桃集」として平田貞子、千家信子などの作が掲載されている。これは二号「姫の井集」の跡見桃子、小西庸子らを含めて、当時の跡見女学校の生徒たちのもので、「明星」創刊に力を貸した服部躬治(つねはる)の指導下にあった。跡見の学友誌に「姫の井集」というのがあって、そのメンバーである。(のちに大貫(岡本)かの子らも参加している)この人々は「明星」創刊時には大きく扱われているのだが、「明星」の発展過程で急速に淘汰されてしまう。

二号には「紅鶯集」中濱糸子の十首、「花がたみ」鳳晶子六首が掲載された。「新詩社詠草」のトップに小松原春子の名が見えるのは、のちの窪田空穂である。六号活字でごく小さく、山川とみ子の歌一首も載っている。

三号には「小扇」鳳晶子九首。この時「鳳」にはじめて「おほとり」の振り仮名がついた。実際には「ホウ・ショウコ」であるが、のちに「鳳あき子」と書くようになる。最初は男性名のように「ホウショウシ」と発音されて、男性作家だと思い込んだ人もあったという。登場以来その情熱と奔放に、心奪われる愛読者が多かった。鉄幹はこれを鋭敏に捕らえて、鳳晶子を中心に、女性に先陣を切らせる作戦に出た。

四号では、「露草」と題する欄に、山川とみ子(カナ書きである)九首、鳳晶子七首、の二人に光を当て、つづいて五号では「京扇」の題で、中濱糸子、鳳晶子、山川登美子の「三女史」が並んだ。

新聞形式から雑誌形式に成長した六号では、一条成美(なるみ)の描くミュシャの模倣カットに飾られて、女流陣が花々しく作品を並べた。鉄幹は詠草欄からピックアップした女流に光を当てたのである。

「雁来紅」の題名の下に登場したのは、晶子十六首、糸子九首、登美子十四首、そして林のぶ子七首。四人の揃い踏みである。中濱糸子はジョン万次郎の孫娘、体が弱く、鎌倉の別荘に住んでいる（現在の鎌倉病院がその所在地）ので「鎌倉の人」とよばれていた。林のぶ子については詳細は知られていないが、東京に住み、「麻布の人」と書かれているのがこの人と思われる。当時の麻布は山ノ手の高級住宅地で、いわゆる邸住まいの令嬢であろうか。

七号では糸子十首、とみ子十二首、のぶ子七首、あき子二十八首、「清怨」の名の下に同じメンバーが勢揃いしているが、歌数は圧倒的に晶子が多い。内容も含めて、抜群なのはやはり晶子である。この号では晶子は「鳳あき子」とカナ書きにしており、前の「鳳」のルビと併せて、誌上では「オホトリアキコ」の呼称が定まった。

八号の「素娥」の欄には、はじめて玉野花子と増田（増原）雅子が登場する。玉野花子は同号の来信欄に、「誠に　失礼と存じ候へども、住所もまことの名も家庭の都合有之申上がたく候。大阪と申候ふ地に生れ候少女（をとめ）の不幸おし計らせ給へ。（後略）」と記しており、家の束縛の目をくぐって参加して来た社友である。その手紙に添えられた歌稿を、鉄幹は、晶子や糸子を超えて先頭に据えた。その後花子は「明星」を支える女流の一人となり、乞われて平野萬里と結婚したが、明治四十一年に若くして逝去した。増田雅子はこれも大阪の薬問屋の娘で、のちに茅野蕭々（しょうしょう）と結婚し、茅野雅子として、日本女子大に奉職。「明星」有数の女流となったが、初めの二回は「増原」の名で出詠している。これもおそらく、花子と同じく、文芸誌に名を出すことを嫌う家族を慮（おもんぱか）ってのことであったろう。ここでは、はな子（カナ書き）七首、いと子九首、とみ子十八首、そして晶子三十二首、雅子四首と、ここでも晶子の創作力が圧倒的である。

ところでこの「素娥」に載っている中濱いと子の歌に、

　やさし御名（みな）ただによばんはへだてありおなじ色なる白百合の君

があり、その詞書に「とみ子の君よりわが上を白藤とよび玉へるに」とあって、糸子の通称「白藤」が、登美子によって冠せられた名であることがわかる。糸子はその後本名でなく「しらふぢ」とのみ記名することがあった。

なお、玉野花子の呼び名は「白すみれ」である。

8　おわりに

このようにして「明星」初期の女流歌人は、家の束縛と戦いながら、ともあれ新しい短歌を創り出して行った。

ここで、触れる余裕のなかったことを二つだけ指摘しておきたい。一つは、彼女らの教養の底に、伝統的な和歌のルーツでもある日本の古典文学が厳然と存在したこと。新しい境地は、旧い伝統を十二分に踏まえて展開した、という事実である。二つ目は、彼女らが新しい短歌の旗手となり得たのは、蔭に「弟の力」ともいうべき、若い弟や甥たちの目に見えない協力があったこと。晶子の弟籌(ちゅう)三郎、雅子の弟水窓など、若い世代の信頼と庇護があったことは、無視できない事実である。これらについてはまた稿を改めてとりあげたいと思っている。

「鉄幹と晶子」二〇〇一・六

青春の白百合

青春は誰にとっても初々しく、また傷ましい。一生のうちの、かけがえのない青春という時期には、人はあふれるように歌を生むことができる。ことばをあふれさせることができる。しかもその人が夭折したときには、その作品は永遠に「老いの影」を帯びることがないのだ。読者は、もしその人が生きていれば開拓したかもしれない未知の歌境を惜しみ、若さゆえの未熟を寛容にうけ入れる。

山川登美子が亡くなったのは明治四十二年四月、数え年三十一歳であった。その時代の三十一歳を、はたして夭折というのかどうか戸惑うが、実際にこの世に生きた二十九年九ヶ月の生涯の歳月のなかで、登美子が遺していった歌の在りようを考えると、やはり深い哀惜を感じないではいられない。

短歌の革新をめざして与謝野鉄幹が起こした新詩社と、その機関誌「明星」のはたした役割については、いま新しい見直しの機運が動きはじめている。

「明星」は、短歌の革新に際して、西欧の思想、技法をとり入れようと試みた。永い時代の伝統を負った短歌を、呪縛から解放するには、大胆な試みが必要だった。正岡子規が必要以上に『古今集』をおとしめたのは、そうしなければ伝統の重圧を断ち切れなかったからである。同じように鉄幹が和歌の世界におよそ似つかわしくない西欧化を試みたのも、必然の結果だった。

「明星」派は「星菫調」といわれるほどに星を歌い、菫を歌い、甘い恋を歌う。今からみれば一種の少女趣味とも見えるが、王朝風和歌の末流の、あの毒にも薬にもならない教養短歌を見馴れた眼には、おそろしく自由で新鮮に見えたことだろう。

山川登美子は、その「明星」派の新鮮な旗手の一人だった。

髪ながき少女とうまれしろ百合に額(ぬか)は伏せつつ君をこそ思へ　『恋ごろも』
薄月に君が名を呼ぶ清水かげ小百合ゆすれてしら露ちりぬ　同

登美子は、与謝野晶子・茅野雅子との共著歌集『恋ごろも』のなかに、数多くの百合の歌をのこしている。表題自体も「白百合」としているが、この花のイメージほど、登美子の青春歌を表徴するのにふさわしいものはない。

鉄幹に見出だされて、晶子と競うように「明星」を飾りはじめたころ、登美子は、

新星(にひぼし)の露ににほへる百合の花を胸におしあてて歌おもふ君　(明星三号)

知るや君百合の露ふく夕かぜは神のみこゝろを花につたへぬ　（明星四号）
野に出でて小百合の露を吸ひてみぬかれし血の気の胸に湧くやと　（明星五号）

と、たてつづけに百合の歌を作っている。

　登美子の「明星」での愛称が「白百合の君」であるのもここに発しているだろう。鉄幹自身、登美子を「リリイの君」と呼んでいる。

　この呼び方もまた甘たるくて気障っぽいが、そうした雰囲気を恥ずかしげもなく作り上げて行ったところに、「明星」の旧派和歌打破のエネルギーが蓄えられたことを忘れてはならない。

　白百合は聖母の純潔を表わす。ルネサンス時代の聖母像が抱いている百合はマドンナ・リリイというが、明治三十三（一九〇〇）年「明星」が創刊されたころには、ヨーロッパの白百合の大部分は、日本の鉄砲ユリが占めるようになっていた。いわゆるイースター・リリイである。この百合の球根が日本で大量に栽培輸出されるようになったのは、明治二十二（一八八八）年頃のことだったという。

　大阪のミッション・スクール梅花女学校に在籍した登美子にとって、白百合は西欧的なものの象徴であり、清純の象徴でもあったのだろう。そしてまた、白百合は、日本原産であるにもかかわらず、エキゾティックで異国風な宗教的憧憬を伴って、明治の日本で再評価されるようになっていた。

誰がために摘めりともなし百合の花聖書にのせて禱りてやまむ

（明星六号）

登美子がはじめて与謝野鉄幹に会い、たちまち心ひかれて行った明治三十三年夏のころには、登美子はこのように歌い、特定の人への激しい想いを表に出してはいない。ここには一種の「純潔願望」が感じられる。しかし、晶子という強烈な個性が出現してくると、登美子は歌も恋も、晶子と競い合うことになる。

二人の間の緊張感覚を、鉄幹は巧みに利用した。鉄幹はプロデュースの才能に長けていて、晶子を姉、登美子を妹と呼ばせ、互いに競わせた。同時に、才のある若い女性たちを何人も育てている。その中で晶子・登美子は抜群の飛躍をみせ、「明星」の発展の重要な牽引力となった。

鉄幹を中心に、白萩（晶子）白百合（登美子）の姉妹は、はげしい三つ巴の渦巻きとなって、短歌革新の原動力を生み出していった。

しかし、作歌活動と恋愛感情の未分化なまま昇りつめていった旋風のなかから、登美子が脱落することは目にみえていた。

こゑあげてよぶにまどひぬ星の世に小百合しら萩もつ神はひとつ

（明星十一号）

詩への開眼を導いてくれた師鉄幹は、登美子にとって歌神そのものであった。しかし、晶子の神も登美子の神もたった一人、同じ鉄幹である。登美子の悲鳴にも似た痛切な歌が現れはじめ、やがて、婚約者との結婚にふみ切って若狭へと帰ることになった。

百合牡丹犠（にへ）の花姫なほ足らずひじりの恋よ野うばらも枕（ま）け　『恋ごろも』

は、鉄幹の女性関係を諷したものであるかもしれない。百合を登美子、牡丹を晶子とみて、野うばら（薔薇とはいっていない）を誰に当てているのかはともかく、ここには、清純な禱りを捧げる少女はもういない。

秋の暮に血の十字架を指すなかれ抱く羊は檻へ帰さじ　（明星十号）
たえんまで泣きてもだえて指さきてかくては猶も人恋ひわたる　（同）

登美子の心にひそむ激しさが、時として噴（ふ）き迸（ほとば）しるようになる。

鉄幹との恋を晶子に譲る形で身をひいた登美子だったが、その結婚は一年ばかりで終止符がうたれる。夫が病死したのである。

登美子は上京して日本女子大に入学、鉄幹晶子夫妻との往来も復活した。歌集『恋ごろも』も出版されて、歌人としての声価も高まりはじめていった。が、登美子は、夫から感染した結核によって病床に臥す身となる。

百合が来て輪なし慰さむ枕辺とおぼせ心は静かに清し

東京の病院のベッドにいて、登美子はこう歌う。しかし、

桜ちる音と胸うつ血の脈とつめたし涙そぞろ落つる日

といった実感が、一方で詠まれている。白百合は、常に登美子の理想であり、禱りでもあったのだろう。が、現実は夢を見させることを許さない。

病は進行する一方だった。京都から若狭へと帰ったとき、最大の保護者だった父が亡くなった。暗い北国の冬、登美子は病の身を座敷の奥深く横たえて死を待つほかはなかった。

君きます焰の波をかいくぐり其白き百合を浮木にはして

熱にうかされる登美子の幻に、ふいに現れる「君」は鉄幹その人であろう。

泣かぬ日はさびし泣く日はやや楽しうつろなる身に涙こぼれよ
矢のごとく地獄におつる躓(つまづ)きの石とも知らず拾ひ見しかな

だが、躓きの石を拾ったのも、青春の若さゆえである。躓きの石を拾わない安穏な生に比べて、登美子の二十九年九ヶ月は、充実していたというべきであろう。現に、いまもなお、白百合のイメージは登美子と共にしっかりと生き残っている。青春の香りとともに。

「短歌」一九八六・九

自律の姿勢

山川登美子という一人の女性の存在が、「明星」初期十年の発展に及ぼした影響は、すでに周知のことである。併し一般には、与謝野鉄幹を中にして、鳳晶子と山川登美子との恋のたてひきがあり、いわば三角関係の力学的構図の中に、「明星」派の作品が大きく花開いていった、という形で、理解されている面がつよい。

この場合、その情緒的な緊張が、三人のエネルギッシュな作歌活動につながったとされるが、事態は登美子が身をひくことで一応表面的な決着をみたことになっている。

登美子は「身をひいた」のであり、晶子は恋の勝利者となったということから、つねに登美子は清楚でよわよわしく、なよやかで、薄命の美女としてのイメージを負うことになる。強烈な光のような晶子を陽とすれば、はかない翳のような登美子は陰であり、結婚後じきに夫を亡くし、自らも結核にかかって早く亡くなったこともあって、世間の人々の同情と哀憐の視線を集めてきた。

しかし、実際にそうだったのだろうか。

登美子は晶子の芸術的開花のこやしでしかなかったのだろうか。

結論的にいえば、答は否である。激越なものを秘めながら冷静に、理知的に身を処していった登美子の「怜悧」に、晶子は少なくともふりまわされている。そしてまた、最愛の父を失い、自らも死を目前にしたころの、晩年の登美子に至っては、じつに強力に、自らの歌境を切り拓いて、誰からも影響されないみごとな作品を遺している。勁いのである。とても晶子の後にかくれている「陰」の人とは思われない。

また一方、登美子を「激情のひと」として位置づける人たちもいる。

このもだえ行きて夕のあら海のうしほに語りやがて帰らじ　（明星八号）
我いきを芙蓉の風にたとへますな十三絃を一いきに切る　（同）

などの、心を摑んで投げつけるようなはげしい口調に、その激情のほとばしりを見る観点からの謂である。

恋愛感情と詩的昂奮と、さらには運命的な愛別離苦の岐路に立ち、短期間のうちに驚くべき速度で新しい文体を獲得していった「明星」派歌人山川登美子にとって、明治三十三年の八月、はじめて鉄幹に出会ってから、その年の暮に結婚のため若狭へ帰るまでの五ヶ月足らずの時間は、たしかに、はげしい闘いの期間であったかもしれない。

しかし、それは恋や創作の闘いであるよりも、登美子自身の心の闘いであった。結果的には、登美子は父の命令に従って故郷へ帰って結婚する。

人はそれを敗北とみたかもしれない。けれど、よくその歌の軌跡をたどってみると、登美子は敗れて去ったとは決して思えないのである。むしろ、父の敷いた路線をそのまま走ることの意味を、十分吟味していたようにも思え、自ら選び、進んでその道を進んでいったようにもみえる。さればこそ、

それとなく紅き花みな友にゆづりそむきて泣きて忘れ草つむ　（明星八号）

の歌も生まれたのである。「友にゆづる」という言葉そのものが、登美子が恋に敗けたわけではない、という証左となろう。鉄幹の想いがむしろ自分に傾いていることを知っているのである。だから「ゆづる」のであって、これは「勝者の心境」としか言いようがない。

そしてここにも「それとなく」ゆずるという登美子の怜悧さが見えてくる。身の処し方をよく知っているのである。私はこれを武家育ちの女性の一つの格、一つの型であると思っている。「激情家」というには、あまりに「型」を崩さない。「弱々しくたおやか」というには、あまりに「芯」が勁く、しっかりと己を保っている。つまり登美子という一人の女性の在りようは、明治維新後も脈々と伝えられていた武家育ちの教養という根底を無視しては成り立たないように思う。

「忘れ草」は「萱草」で、古くから「恋わすれぐさ」そして「住之江」とはつきものであり、こ

こにも古典の教養が生きている。

＊

短い結婚生活を経て夫が早逝したのちの、

帰り来む御魂と聞かば凍る夜の千夜(ちよ)も御墓(みはか)の石いだかまし　（明星三十七号）

を含む夫への挽歌にも、登美子の一種の「姿勢」を感じてしまう。心のすすむ結婚ではなかったにせよ、短い結婚生活と夫への深い哀惜がこもっていて、決してその結婚が不幸でなかったことを示している。その点は、同じ「明星」歌人石上露子の場合とは全く異なっている。にもかかわらず、そこに登美子が自らにはめている「枠」あるいは「型」を感じとるのは、私の僻目だろうか。

登美子の作品の、とくに『恋ごろも』あたりに、かなり自己犠牲の匂いが濃いのは、おそらく梅花女学校時代のキリスト教的教養のせいもあろうかと思うが、それもむしろ、己れをよく律するという精神に立ったもののようにみえる。例の、

髪ながき少女とうまれしろ百合に額(ぬか)は伏せつつ君をこそ思へ　『恋ごろも』

の清純無垢なイメージは、「君をこそ思へ」という「恋」をもちこみながら、みごとにそのなまぐささを消し切っている。その辺の登美子の「自律の姿勢」を、もう一度確かめなければならないであろう。

上京後の復帰と『恋ごろも』刊行後、登美子はいくばくもなく病を得て、日本女子大を退学する。そして明治四十一年、最愛の父山川貞蔵が病死する。

わが胸も白木にひしと釘づけよ御柩（みひつぎ）とづる真夜中のおと　（明星九十四号）

暗い北陸の海の音を聞きながら、病む登美子の歌が個性的に展開していくのは、このころからである。自らも死の床にあって、登美子にはもう鉄幹も晶子も遠い人となっていた。

ゆらゆらと消えがての火ぞにほひたるあならうらがなし我のたぐひぞ　（明星九十四号）
胸たたき死ねと苛（さいな）む嘴（はし）ぶとの鉛の鳥ぞ空掩ひ来る　（同）
わが柩まもる人なく行く野辺のさびしさ見えつ霞たなびく　（明星九十五号）
後世（ごせ）は猶今生（こんじやう）だにも願はざるわがふところにさくら来てちる　（同）

ここには、人と人との関わりの間に生まれた初期の歌群と異質の、自らに対い合った登美子の姿がある。それは死そのものとの厳しい対決でもある。そしてここでも登美子は、みごとな自律の精神を発揮している。死を目前にして、しっかりと心の眼を開いている登美子の「姿勢」に、私は改めて気づくのである。

登美子が遺した「大ノート」の雑記に、「温良貞淑威アリテ猛カラズ恩威具ハル山川家家訓」とある。父貞蔵に対する登美子の心情もまた、いつか改めて「父子」としての関わりを考えるべきだと思うが、いまとくに私を捉えているのは、この「家訓」にみえている「威アリテ猛カラズ」の旨を体した登美子の姿勢であり、そこに永い間に培われてきた「武家風」のあり方、考え方、価値観、行動基準、などを見落としてはならないだろう、という一事である。

登美子の再評価ということを考えるとき、私はどうしてもこの「自律の姿勢」の根本にある武家的発想を避けて通れないと思っている。

「短歌」一九九〇・一〇

晶子の鎌倉・かの子の鎌倉

与謝野晶子は、鎌倉高徳院の露座の大仏をこう歌った。

鎌倉や御佛(みほとけ)なれど釈迦牟尼は美男におはす夏木立かな

芽ぶきの早春から初夏の若葉へ、そして陰影の深い夏木立へと、大仏の後ろの山は微妙に色彩を変えて行く。秋には紅葉、冬には時に雪を帯びる四季の移ろいを背景として、青銅いろの大仏像はいつもじっと衆生(しゅじょう)の往来を見下ろしている。

この歌は「明星」に発表された時点では、二句目が「銅(かね)にはあれど」であった。明治三十七年八月号、ちょうど日露戦争のさなか、次号には「君死に給ふこと勿れ」の長詩が発表されて物議をかもした、そういう時期である。その戦時に、仏さまを人間に引き下ろしてしまったように「美男」と見たのだから、当時から人の口の端にのぼった。

実際には大仏は阿弥陀さまであって釈尊ではないのだが、苦悩多い人間の修業の果てに仏となったお釈迦さまだからこそ「美男」も生きてくるのである。のちに歌集『恋ごろも』（「恋衣」とも書くが私は「恋ごろも」説である）に収採された時には、「銅にはあれど」は「御佛なれど」に改変されている。この変更もまた「御佛」対「人間（美男）」の対比がいっそう生きてみごとである。

明治維新は、一種の文化革命でもあったといえるが、当時、旧いものの代表として最もつよいバッシングに遭ったのは「和歌」であった。王朝和歌の代表勅撰集『古今和歌集』から約千年、その伝統を後生大事に守って来た和歌は、散々に批判されたが、結局「近代短歌革新運動」が起こって、みごとに脱皮し、定型をもつ現代詩として、不死鳥のように蘇った。その先頭に立ったのが、正岡子規の「写生派」、そして鉄幹・晶子の「浪曼派」である。

晶子は抜群の才気と強烈なエネルギーを以てその先頭にあったが、他にも山川登美子、茅野（ちの）雅子、玉野花子、林のぶ子など、強力な恋と創作のライバルたちが犇めいていた。鉄幹には妻子もあった。だが、そのすべてをクリアして、晶子はまるで牡丹のように、太陽のように光り輝いた。

鉄幹はプロデューサーとしてのすぐれた感覚を持っていた。そのプロデュースがあってこそ、晶子の才華は光り輝き、近代短歌の革新をもなし得たのである。

その鉄幹は、ちょうど百年前、明治三十四（一九〇一）年の一月三日、鎌倉の由比ヶ浜にいた。高須梅渓、水野蝶郎、前田林外、篁砕雨（高村光太郎）など、いきのいい「明星」の誌友たちが集まって歌会をたのしんだのち、波打際に出て「二十世紀を祝する迎火」を焚いて、たのしんだ。参加者九人の写真は「明星」十一号に載っている。そして鉄幹は、鎌倉に泊る人々に見送られて車中の人となり、そのまま西下して、神戸での文学同志会の大会に臨んだ。暫く滞在したその旅行の帰途、鉄幹と晶子ははじめて結ばれたともいう。いわゆる「粟田山再遊」である。

道を云はず、後をおもはず名を問はずここに恋ひ恋ふ君と我と見る　晶子（明星十一号）

われ男の子意気の子名の子つるぎの子詩の子恋の子あゝもだえの子　鉄幹（明星十一号）

恋の炎は燃えさかり、短歌は火の鳥不死鳥として蘇った。

その出発点に、鎌倉由比ヶ浜の「二十世紀の迎え火」のあったことはとくに銘記されるべきだろう。

＊

岡本（大貫）かの子は、鉄幹・晶子の主宰する新詩社に、兄の大貫晶川とともに入社して「明星」誌上に短歌作品を発表しはじめる。明治三十九年七月、かの子ははじめて鉄幹宅を訪れ、晶子にも会った。かの子十七歳のおとめざかり、跡見女学校の生徒であった。のちに晶子の書いた「かの子さんのこと」（「文学界」岡本かの子追悼号・昭14・4）によれば、その時、かの子は、紅入り友禅（ゆうぜん）と緑色の繻子（しゅす）のふくさ帯（裏表の異った布地で仕立てた帯）を締めていたという。

跡見卒業後、かの子は晶子に伴われて馬場孤蝶の許に入門して外国文学を学び、また「閨秀文学会」に加わって、平塚らいてう、山川菊栄、長谷川時雨、生田花世などとの縁を得ることになる。この繋りによって、かの子と「青鞜」との関係が生まれるのである。かの子の第一歌集『かろきねたみ』（大元・12）は、「青鞜叢書第一編」として世に出る。

この時「明星」はすでに終刊（百号・明41・11）していたが、そこにはふっくらしたかの子の写真が載っている。かの子は感性が過敏で、また男性に対しても奔放、というより、生まれたままの天衣無縫の性格というべきか、次々に男性をその周囲に侍らせる。川端康成はそれをかの子の「童女性」といい、子息の岡本太郎は「大母性」といっている。夫の岡本一平はかの子を「観音」に喩えた。男性をひきつけ、のめり込ませる何かがあったのだろう。

かの子は生涯に多くの恋人を持ったが、その一人に早大の文学青年、堀切茂雄がいる。一歳年下の美青年で、かの子とのラブ・アフェアを題材とした小説や短歌をいくつか遺して、大正五年秋、あたら二十六歳の若さで世を去った。この茂雄との恋は「青鞜」にしばしば発表されたかの子の短歌の、重要な素材となった。人妻と青年との恋と苦悩が生々しく描かれているのだが、当時の世相を考えると、婦人解放を目標とした「青鞜」がなければ、かの子のこうした歌は生まれなかったであろう。この恋はかの子を苦しめ、また成長させたが、茂雄は捨てられ、鎌倉の寺に参禅したり、七里ヶ浜の鈴木病院で療養したりした揚句、故郷福島でひっそり亡くなった。

静なる七里ヶ浜のさすらひの後に来にけん君が死の幸　　かの子（湘南遊愁）

後にかの子は、鎌倉に遊んでこんな歌をのこしている。しかし、ここには苦しく熱く炎えさかった頃の思い出はない。かの子にとってはいま「生きている」男こそ大事であって、去った男、通り過ぎた男には、何の未練もないようにさえ思える。

鎌倉を舞台にした作品としては、かの子の実質的な文壇デビュー作となった『鶴は病みき』がある。震災直前の大正十二年夏、京都の料亭の経営する平野屋旅館がその舞台である。かの子はたまたま、芥川龍之介と同宿して、日頃憧れていた龍之介の動静をつぶさに見聞する。時は飛んで昭和二年早春。かの子は新橋から乗り込んだ車中で、悲惨なまでに衰えた龍之介の姿を目撃する。その七月、芥川は自殺した。かの子がこれを小説化したのは昭和十年であったが、さまざまな経緯があって、世に出たのは昭和十一年六月「文学界」誌上だった。これが「文学界賞」を受賞して、かの子の小説家としての声価は一気に定まるのである。

題材となった体験から発表まで約十五年、文壇デビューを決してあきらめなかったかの子のエネルギーと執念はすさまじいが、それはまた、感情を浄化する大切な時間であったのかもしれない。「輝く焱（ひばな）」である〝短歌〟では捉え切れないものを、かの子は〝小説〟の表現に求めたのでもあろうか。

「晶子・かの子と鎌倉」鎌倉文学館展二〇〇〇・九

Ⅲ　座談・講演記録

素顔の与謝野晶子

鼎談

堀口すみれ子（詩人・堀口大學氏長女）
金窪キミ（文化学院第三回生）
尾崎左永子

文化学院での晶子

尾崎　今日は文化学院第三回生で実際に与謝野晶子に教えを受けられた金窪さんにお会いしてお話しするのを楽しみに伺いました。

堀口　文化学院というのは建築家の西村伊作先生が、神田駿河台に創立された学校ですね。

金窪　ええ、当時の一流の学者や芸術家の先生方が教師として名を連ねていて、非常に斬新で自由な雰囲気の学校でした。

尾崎　私には晶子についての著作『恋ごろも』があるんですが、その中では随分晶子のことをかわいく書き過ぎたんですけど……。何かそら恐ろしい人のように書いている人が多いけど、そうではないんではないかしらと思ったんです。

金窪　かわいい人ですよ。生徒の目から見ても、本当にかわいかったです。
堀口　是非その辺りのことをお聞かせ下さい。
金窪　晶子先生は古典と和歌の授業を担当して下さったんですが、まず絶対に大きなお声を出してお怒りにならないんです。授業のお声なんて、か細いどころか聞こえやしない。それにご自分の世界があるのね。古典の授業は「平家物語」だったんですけど、独特の抑揚でご自分の気持ちのよいように、ひとり静かにかき口説くようにお読みになるだけ。生徒が騒ごうが聞いてなかろうが関係ないの。それで終わると、にこやかにお帰りになるのよ。
尾崎　ああ、なるほど。自分の世界に浸れる方だったのですね。
金窪　そうです。とてもにっこりとしておられます。生徒たちは「こんなに騒いだのによく先生怒んないで帰るなあ」なんて。でも本当にすてきな人でした。
堀口　すごく雰囲気がおありになったと伺っております。
金窪　そうですよ。たとえば髪型。長いんですけど、どういう風に束ねているんだかわからない、不思議な束ね方をして。
尾崎　みだれ髪ではないんですね。（笑）
金窪　着物なんか今にも脱げそうな着方。だらだら、ゆるゆる。それがあの方だとかえって風格があっておかしくないのよ。でもまあ街中なんかで見ると皆ビックリして眺めてますけどね。実におもしろい着方ですよ。文化学院で見ると全然違和感がないんですけど。

尾崎　どういう着物が多かったんでしょう？
金窪　だらっとした金紗縮緬ですね。
尾崎　柄物が多いのかしら？
金窪　縞物が多かったですね。
尾崎　やはり当時の感じですね。でも縞がお似合いになりそうだわ。太い縞？
金窪　割合太い縞の着物をお召しでした。
堀口　色合はやはり紫系統でしょうか？
金窪　そうですね。
尾崎　金窪さんの文化学院での思い出を書かれたご本の中に、紫色のワンピースに赤い靴下で御茶ノ水駅のホームに佇む姿を周りの人たちがあっけにとられて見ていたとありましたね。
金窪　そうよ本当に困っちゃうわ。学校では晶子先生は変な格好しているのが当り前でしょう。
尾崎　でもお似合いになるんでしょ？
金窪　私たちが学校の中で見たら似合うのだけど、他人が見たらびっくり仰天。それとボンネットですか、花がいっぱい付いたつば広の帽子を被ってらしたわ。
尾崎　晶子がパリにいたとき、もちろん着物で歩いていたら、すてきなボンネットを見つけて、それを買って、着物姿なのにその場で被ってシャンゼリゼを歩いたという話、たしか梅原龍三郎が書いていたと思いますけど。

金窪　ありそうな話です。
尾崎　それが似合うんですって……。不思議な方ですね。

晶子の美しさ

金窪　肌がきれいなの。あんなにきれいな肌の人見たことない。着物をズルズルに着てらっしゃるから、黒板に字を書かれるときなんか手を上げると肩の辺りまで見えてしまうの。それが本当にきれい。白いだけじゃなくて、滑らかで艶があってね。今でも私たち生徒が集まるとその話が出るくらい。
尾崎　たまたま最近、歌人の馬場あき子さんと安永蕗子さんと、晶子に関する鼎談をしたのよ。そこで金窪さんのご本に書かれていた色白で美しいという説を話したら、馬場さんはそんなことない、違うって言うのよ。安永さんは女というのはだんだん美しくなるから、齢がいってからの晶子は非常に美しかったんではないかと。
金窪　いやあ、あの方の色が白いのは生まれつきですよ。
堀口「晶子先生は決して普通に美人といわれるタイプのお顔ではありませんでした。色は極めて白くあられたが目鼻立ちに調和が欠けるところがあり、輪郭の線もいかつく、特に口元に難がおありでした」

「お目にかかっているとこうした難癖はみな消えてしまって、神々しいまでに優美なご婦人の前にいるという気持ちだけがいたしました。この美しさは写真には顕われません」と父大學は書いています。色は極めてお白かったのですね。

金窪　大學先生、同じこと思ってらっしゃるわ。

尾崎　写真よりずっと美しいと伺ったことがあります。

金窪　構えちゃって睨んでしまうからいいお写真がないのよね。実物はもっとずっと優しい感じ。

尾崎　目がすごくすてきだとか。

金窪　ええ、目の印象が強くて口元は思い出せないくらい。ぱっと見たときは怖い目なのだけど、中の方で優しい瞳が感じられて、お会いするとすごくうれしくなる先生でした。

尾崎　美人ではないという印象が伝わったのはアカヌケしてないとか、美しさより前に何か圧倒されるものがあったからでは？　文化学院で教えてらした頃は人間的にも熟成して自信もあって、その美しさを隠すこともなく自然にふるまわれてて、そこに輝くような美しさが出てきたのではないかしら。

十二人の子の母

堀口　色白であられたことはこの場で大いに強調しておきましょう。父の書き残したものから、晶子先生を伺い知るのみですが、作歌の面ではもちろん絶賛なんですけれど、その生活ぶりを「完全人格者としての晶子先生の生活の神々しさ。人間の生活もこの域に達すれば、正に立派な芸術品だ。一生の大傑作は実にその生活にあり」と言ってます。父は晶子先生より十四歳年下なんですが、そういう男の人から見てもよくやっておられるなと写ったのかしら。

尾崎　大変ですよ。妻であり十二人の子供の母、お弟子さんがたくさんいて、それに創作活動でしょ。生活の資を得るのも当時は晶子が賄っていたわけですから。

金窪　寛先生はそういうことをなさらなかったようですね。

尾崎　何もできないように追い込んだのは晶子の方だと私は思うのですが。

金窪　学院の一学年上の友人が晶子先生のお宅に歌を習いに行っていたのですが、帰るとき「ちょっとそこまで」と一緒に出て来られた。「先生どちらへ？」と聞くと「これから伊勢丹に」と。当時の伊勢丹は松住町という所にあったのだけど、そこで反物を買って、今晩中に子供の羽織を縫わなきゃ間に合わないって言うんだそうです。一緒に行ってどれにしようか見立てたんだけど、今晩この先生羽織なんていうもの本当に縫うのかしらって。神技ですよ。
堀口　偉い方ですね。なかなかできることではありません。
金窪　子供のもの、自分のもの、全部ご自分で縫ってらっしゃるのよ。
尾崎　そういえば晶子の出た堺女学校は当時はお裁縫が専門でした。
堀口　何でも役立つときがあるんですね。（笑）
尾崎　とにかく有名にはなったけどお金は付いて来ない。当時文学者は皆そうでした。
金窪　私だけの憶測なんですが、西村先生が文化学院を創られたのは長女アヤちゃんのためといわれてますが、実のところは与謝野先生たちの窮状を見るに忍びなかったからではないかしら。
尾崎　あり得るお話ですね。
金窪　ひと月にきちんと収入があることでとても安心したんではないでしょうか。
尾崎　何しろ実業でしか食べられない世の中でしょう。コンスタントに収入があるのは物書きにとってすばらしいことですよ。反対に文化というのは徒然なるままでないと本当のものは育たない。それに西村先生は気づいてらしたのねえ。それで〝文化〟なのよ、文化学院。
金窪　そうかもしれません。とにかく芸術家たちにお小遣いをあげて食べさせてあげなくてはと思ったんではないでしょうか。
尾崎　皆簡単に文化、文化というけど本当の意味で文化を大切にした人は、なかなかいませんね、大倉財閥の大倉喜八郎のように。

堀口　東京経済大学を創られた方ですね。

尾崎　今はいないですね。あったとしても大企業が文化意識はないのに評判をよくするためにお金だしましょなんて。

金窪　西村先生はとてもおもしろい方でした。見たところ西洋人のようなお顔で背が高くてすてき。何事にも興味津々で千里眼のように生徒のことをよく見てらっしゃった。あんなに不思議な魅力にあふれた方はいないですね。西村先生がお画きになられた晶子先生、その絵ハガキを持って参りました。

尾崎　まあ、よく特徴をとらえていらっしゃる。

堀口　西村先生は絵の才能もおありになったんですね。

晶子と寛

尾崎　寛先生の授業はお受けになられましたか？

金窪　いいえ、寛先生は授業を受け持っておりませんでした。けれど晶子先生とご一緒にほとんど毎日来られ、構内を歩いて生徒に細かく注意されてました。

尾崎　なかなか美男子だとか。

金窪　美男子ですよ。とても背が高く、色白できれいな方。でも学校ではこめかみに青筋立ててい
つも怒ってばかりいました。それを晶子先生が一生懸命なだめてね。
堀口　最初の寛先生と晶子先生の結びつきが強烈で、そればかり取りざたされて、ずっと最後まで
ご一緒だったことはあまり取り上げられない気がします。
尾崎　あんなすごいエネルギーの女性を受け止められる男性って、そうはいるものじゃないですよ。
金窪　寛先生は晶子先生を大切にされ、晶子先生は寛先生を立てておられました。
尾崎　文化学院の頃はお二人の結びつき方の後半の姿だと思うんですよ。パリに寛を送り出す前
の晶子は、もう別れたらほっとするところがあったと思います。寛も別れてほっとしたはずなのに、
離れてみたら「おいで、おいで」と手紙をよこすんです。晶子の方も一人になってみたら恋しくて
恋しくてしょうがなくて、子供全部放り出してパリに向かうんですよ。
堀口　すごいエネルギーですよね。当時は飛行機なんかなくてロシアまで船で行き、シベリア鉄道
に乗って半月ほどですから。
尾崎　パリに着いての第一作が有名な「ああ皐月佛蘭西(ふらんす)の野は火の色す君も雛罌粟(コクリコ)われも雛罌粟(コクリコ)」。
赤いひなげしになりきって恋人同士に戻ったわけです。そのときはじめて、ああ私はこの人がいな
きゃだめなんだってお互いにわかったんだと思います。
金窪　そうでしょうね。
尾崎　文化学院にいらしていた頃はそういうお互いがわかってから後ですよね。

金窪　そこに行くまで両方ともエネルギーを費やして。

尾崎　寛もいろいろラブ・アフェアはあったけど、晶子の才能に対する尊敬はいつも持っていたわけですよね。

名プロデューサー・寛

尾崎　鉄幹という名は「梅の幹」という意味なんだそうです。おもしろいのは鉄幹は小さい頃大阪の安養寺というお寺に養子に入っていて、結局養父と合わなくて飛び出しちゃうのだけど、その頃の仲間が皆「鉄…」という名を持っています。自分たちで付けたのか、付けてもらったのか知りませんけど。河野鉄南という晶子がはじめて好きになったといわれる人もその仲間です。

堀口　あの「やは肌のあつき血汐にふれも見でさびしからずや道を説く君」の君といわれている方ですね。

尾崎　他に何人も名前に「鉄…」が付く人がいるんですって。でも鉄幹はその後期には「寛」という名に戻っていますけど。

堀口　寛先生は晶子先生のプロデューサーだったわけですよね。

尾崎　最初はね。でも自分からなったわけではなくて、プロデュース感覚が非常にすぐれていたんですよ。寛に会わなかったら晶子のあの才能は世に出ませんでした。

金窪　それは大學先生よく言ってらした。「寛先生あっての晶子さんですよ。皆それを肝に銘じなければいけない」と。私と戸川秋骨先生のお嬢さん、エマちゃんに「あんたたちはぼやぼやしてないでそれをもっと言わなきゃだめだ」と。

尾崎　あまりに晶子という存在が大き過ぎるし、晶子も小説「明るみへ」などで寛の悪いことばかり書いて、皆そっちを信じて全然ダメ男みたいに思っている面があります。今やっとそうじゃないってわかりかけてきて、新しい鉄幹論が出てきているの。

堀口　寛先生がいなければ晶子先生も現れなかったということですね。

尾崎　近代短歌革新運動も成り立たなかったと思うし、短歌だって今のようになっていないと思う。でも、皆それをなかなか認めたがらない。私は鉄幹ファンだからそう思ってます。

金窪　大學先生もお喜びになるわ。

尾崎　プロデューサー的なところというと、「明星」の初期に晶子、山川登美子、増田雅子、中濱糸子、林のぶ子といった女性たちを表に立てたことも当時としたら非常に斬新なやり方でしたね。

金窪　目の付け所がね。

尾崎　女性は吹き込まれて信じると、宗教みたいにのめり込むじゃないですか。

堀口　それに恋愛感情と交錯したりして。

尾崎　寛が若き日の堀口先生と佐藤春夫を前にして、君たちは短歌ではなく詩の方に行きたまえという、あのサジェッションはすばらしい。大學先生によれば、晶子先生は天才過ぎる、そばにいてそれを越えることはできないというときに詩の道を指し示され、結局それによって、「私の耳は貝のから／海の響をなつかしむ」（ジャン・コクトオ「耳」）などの傑作がどんどん残されたわけですよね。

金窪　大學先生が言ってらした、晶子先生に「あなたおヘタねえ」と言われたというのは。

尾崎　あれ本当なのかしら。

堀口　本当だったんですって。男のお弟子さんの詠草は寛先生で、女のお弟子さんは晶子先生がご覧になるのが大体の決まりだったそうですが、父の場合はそればかりではなかったらしいです。それで返された詠草を見ると、丸が付いていればよい方で一番よいのが三重丸。たまたま中原綾子さんの詠草を見せてもらったら、四重丸五重丸があって、そのときのショックは大変なようでした。

金窪　私だって三重丸で喜んでましたわ。

堀口　でもその中原綾子さんの詠草を寛先生がご覧になって、晶子先生に「点が辛い」というと、甘くし過ぎると精進にならないからと、それで付けたのが五重丸ですからね。

尾崎　でも大學先生は短歌もいいけど、やはり個性がでているのは詩ね。その辺りを見抜く寛の力、すごいと思いますね。

堀口　寛先生と父の父、つまり私の祖父は父が入門するまえからの親友だったんです。

金窪　そうでした。すみれ子さんのお祖父様、九萬一（くまいち）さんといいましたか、外交官のお偉い方でらしたんですね。

堀口　寛先生は最初そのことは露知らず父を入門させたそうです。何回か投稿しては加筆して頂くやり取りがあった後、一度遊びに来てご覧といわれてお宅へ伺った。「どこだね」と出身を尋ねられ、「新潟の長岡です」というと、「そこは堀口という姓は多いのかなあ。堀口九萬一という人知ってる」と言われ、それは自分の父ですというわけ。

金窪　偶然だったのねえ。

堀口　優秀なお弟子さんが袖を連ねてやめられた直後ということもあって、父と佐藤春夫先生は一番若い「おと弟子」で……これには一番劣っているという意味も掛けられてるそうです、もちろん謙遜ですが。そんなこともありまして晶子先生と寛先生は自分にとっての詩歌の父母だと言っています。父の両親が外国に赴任して日本にいなかったので、その意味でもまた父とも思い、母とも思う気持ちが強かったようです。

金窪　そう言ってらした。本当に大學先生は与謝野先生のことがお好きでした。

天才・晶子と〝弟の力〟

堀口　金窪さんのご本に日光に遠足においでになった後のエピソードがございますね。

金窪　そう晶子先生の短歌の時間、フッと窓の外を眺められてるとスラスラスラッと「男体は枯れ草色の山なれど若き五月の雲行き来する」。こんなふうになんとなくおつくりなさいと。もうくやしくて。
堀口　本当に神技のよう。
金窪　参ったぁとそのとき思ったわ。
堀口　父は新潟の古志郡というところで、弥彦山という山を朝な夕なに見て育ったのですけど、それを歌に詠むとは考えたことがなかったのに、吟行に連なってご一緒すると、晶子先生はいともすらすらと弥彦山をお詠みになるのですって。「果てもなき蒲原の野に紫のかはほりのごとある弥彦かな」。言われて見ればあっそうだ紫のこうもりだ、もうそのことばの適切なことと言ったら……「参ったぁ」って父がそう言ったことがありました。
尾崎　なるほど。
金窪　私も晶子先生のそういう姿を見てもう歌をつくるのはよそうと思いました。
堀口　「素材の範囲の広大、観察の微細なこと、語彙の豊富にして駆使の自在なこと、調べの変化に富みかつ幽玄なこと、天文地文人文のあらゆる学に精通してられてこれが直ちに作歌の骨になり肉になりしている」。父はそう書いています。
尾崎　人には見えない努力をどれほどなさったのかなと思いますね。ただ当時の堺というのは文学的なことに対する肯定的な空気があって、十五、六歳で国文学、漢文、歴史の素養が仕込まれていたのね。

堀口　晶子の家は和菓子屋で、その父君が大変な書庫を持っていたということですね。

尾崎　でもやはり女の子には文学なんてと風当りが厳しくて、それを籌三郎という弟さんが助けたのよ。自分の名前で文学会に入って姉を連れていくとか、本を取り寄せて見せるとか。

堀口　その弟さんのことでしょうか、〝君死にたまふこと勿れ…〟で詠われている弟は。

尾崎　そう。柳田国男の著書に『妹の力』というのがあるけれど、〝弟の力〟が当時の「明星」を支えていたと思います。増田雅子は東京に上京するとき弟がついて来て面倒なこともろもろ引き受けてくれました。日本女子大の寮にいた山川登美子の場合は甥ごさんが内緒で外出証明をしてあげたり、中濱糸子も弟が助けてますよ。当時の若い世代の男の子たちが、少し年上の女性の文学性を認めた最初の人たちではないかしら。

堀口　晶子先生のお話に戻りますが、一夜百首の新詩社の会が先生のご自宅で開かれましたよね。そうするとお子様の世話をしながら皆にお茶を出して。

金窪　食事もお作りになるのよ。

尾崎　それで歌は一番早く出来るのよね。

金窪　天才ですよね。

堀口　晶子先生がお亡くなりになったとき父は「もう国内外にあのような方は石山寺の才女をおいていない」と書いてます。でも肉体的にも精神的にも、よほど丈夫でないと。

金窪　いろいろな意味で本当に丈夫な方だったわ。

堀口　でもお声が小さいなんて伺うと、さほどでもないのかしら……。

金窪　無駄な発散をされなかったんではないでしょうか。

尾崎　あの方の作品に触れていると、ものすごい鋭敏なところと鈍感なところの二面が感じられるの。その落差が激しくてびっくりするほど。その鈍感さがいい意味で効いた場合にああいうエネルギーになったんでしょうね。

堀口　なるほど。鋭敏なだけでは持ちませんね。

金窪　十三人も子供は育てられない。（笑）

尾崎　自分で「受信機」を引っ込めることのできる人だったのよ。

金窪　受信機を出したり入れたりできたんですね。

叱咤された堀口大學

堀口　父は晶子先生に二度叱られたことがあるんですって。一度は吟行の旅に同行したときのこと。怖いつり橋があって、父は若かったから真先に渡って橋を揺らしたんですって。

金窪　わざと？

堀口　そう、わざと。そしたら晶子先生真っ青になって本気で叱られたんですって。（笑）
金窪　大學先生、そんなことを。（笑）
堀口　二度目は寛先生が亡くなられた後のこと。その昔朝鮮にいた旨の手紙がありまして、九萬一お祖父様はとても女の子にもてて、特別仲の良かった女の子がいたそうです。でも九萬一さんが日本に帰られた後、その子はお高くて誰にもなびかない。だけど寛先生が九萬一さんのお話をすると、消息を聞きたいのでしょうか、やっとなびいてくれたというお手紙をお見せしたら……。ひどく怒られたって。（笑）
尾崎　いやなんだなあ。焼きもち妬いて。
堀口　そうなんです。もう亡くなられてしまった方の、それも知り合うずっと前のお話なのに。一天にわかにかき曇り……ということになってしまって、とてもいたたまれなくなりすごすご帰ったんだそうです。（笑）
尾崎　寛は朝鮮にいた頃は妓生と仲が良くて、その歌を随分残してるのよ。
金窪　しょうがない人ね、寛先生って。
堀口　晶子先生もふたをしておいたところを開けられてしまって……。
金窪　片方は死んじゃってどうしようもないから。
堀口　それはわかります。しょうがないんだもの。
尾崎　でも生きてる方が勝ちじゃない。山川登美子が死んだときも、寛はここを先途と自分の気持ちを歌に書いちゃうのよ。いい歌があるのよ。それを見て晶子はまたくやしいって歌を書いてるの。そういうところが実にかわいいところだと思いますね。

堀口　本当ですね。

金窪　晶子先生は実にかわいい女性であったということを今日は大いに強調しておきましょう。

「湘南文学」一九九二・一〇

晶子と『源氏物語』

与謝野晶子生誕百三十年
『源氏物語』千年
晶子フォーラム二〇〇八記念講演

はじめに

「晶子と『源氏物語』」ということでお話しさせていただきます。

今日は合唱とまた謡曲を聞かせていただきました。すごくいい合唱でした。私、合唱連盟から審査員を頼まれることがありまして、私自身も合唱組曲を書いているものですから、若い方の声の映えというもの、鍛練された声を楽しく聞きました。また、謡や能、こういうものに『源氏物語』を素材にしたものがたくさんございます。「葵の上」では怖い般若の面のようなものをつけて出て参りますから、六条御息所というのは本当にあのような顔をしているのではないかと思われているかも知れませんが、実は『源氏物語』に出てくる六条御息所という人は育ちも良いし、教養もあるし、美しい。ただ「女の業」と言われてしまったのは世阿弥のせいではないかと思います。ずっと読んでみると、女の、どうしようもない、誇りを傷つけられた気持ちがずっと後を引いて、ああいうものになっていくのでしょう。『源氏物語』もいろんな読み方ができるのだと思います。

ご承知のように、与謝野晶子には、『新訳源氏』、そして幻になってしまった『幻の源氏』、それから『新新訳源氏』の三つの口語訳があります。今日はそのことについてお話ししたいと思います。

晶子と『源氏』の出会い

晶子と『源氏物語』の出会いは古く、十二歳の頃からすでに読んでいた、ということが知られております。

まだ大学院の学生時代と思われる玉上琢弥先生の論文で、当時の「紫式部学会」で発表されたものがあります。晶子と『源氏』についてかなり詳しく調べてあります。晶子と『源氏物語』の出会いは十二歳の頃と書いてあります。彼女自身が書いたものの中では、いろんな学問はしなかった代りに、店番をしている間、十二歳のころからずっと『源氏物語』を読み進んで行って、いろんな人から教えられたというのではなく、紫式部自身、『源氏物語』自身がほとんど自分の師匠であった、ということを書き残しております。それだけ自分に染み込んで来ているのだろうと思います。例えば、河野鉄南に宛てた手紙の中に、『源氏』の女君のことなどいろいろ書いています。

源氏よみても紫などさるあたりはさもあれど夕がほ明石などさまでならぬ身の程の人の美しき人にはあまり同情がよらぬものに候。そして書をよみても女につれなき男はにくくてにくくてしかたなく候。

ここが晶子らしいと思います。

源氏の君の紫の程の人を都に泣かせをきながら明石にて都へ召されし時、みやこ出でし春のなげきにをとらめやなどとはなんぼうにくき事に候はずや……

と言うのです。やはり男の人に対して女の誇りを傷つけられるということに非常に敏感な面があったのだろうという気がいたします。

そんなふうにして『源氏物語』自身は晶子にとっては、私どもが西欧の翻訳童話や少年少女小説を読むのと同じくらい身近だったのだろうと思います。

『源氏』を読む

「明星」に出ておりますが、新詩社に、明治三十七年ころからしばらく勉強会がありまして、いろんな古典を読む会がありました。その時にすでに『源氏』を読んでいるようです。それは勉強会でしたから、明星には『源氏』の講義は載っていないようです。閨秀文学会というのがありまして、そこで初めて講座を持ちます。それが明治四十年です。晶子はまだ三十歳になるかならずの頃です。この時の講座には平塚らいてうや山川菊栄たちが参加していたようです。

樋口一葉は二十三歳のときにすでに『源氏』の講義をしております。その時に聞いていたのが後の東京女子大学長の安井哲先生、博文館の大橋氏の奥さんたちです。そういう人に二十三歳ですでに講義をしております。ですから明治の初期の人は『源氏』に対してちゃんと目を通して人に伝えるだけの実力を持っていたということが言えると思います。

明治四十一年に「明星」が廃刊になります。廃刊になってからも「スバル」は別に出ておりまして、また、「常磐木(ときわぎ)」を時々出しています。翌年の明治四十二年、その頃は駿河台、神田にまだ住んでおられました。駿河台の東紅梅町というところの新詩社で何人かを集めてまた古典講義が行なわれております。そのときに参加していたのは四、五人ですが、岡本かの子、佐藤春夫、堀口大學、水上滝太郎、そうそうたるメンバーです。堀口大學は十八歳だったそうですが、「あれだけ力を入れて聴いた講義は一生のうちにあれしかない」と、言っていたそうです。

私は今鎌倉に住んでおりますが、堀口先生は鎌倉にお父様の別荘があり葉山に住んでおられました。そこのお嬢さんの堀口すみれ子さんからいろいろお話をうかがいます。その講義のとき『源氏』というものの大切さを身に染みて感じられたらしく、すみれ子さんに「源氏の講義を聴け」と言われたのだそうです。すみれ子さんから人を介して私に源氏の講義をしてくれと再三言われたのですが、すでにそのとき私は藤沢の方で八年半かけて「宇治十帖」まで全部読み切って終わったばかりでしたので、もう一度するのはつらいからとずっとお断りしていました。そんな折、私がNHKの「国宝への旅」のレポーターでテレビに出ていましたときに、王朝絵画の秋山光和先生と、『源氏物語絵巻』を通してお知り合いになりました。秋山先生は「すみれ子があなたの講義を聴きたいと言っているから、私の美しき従妹のためにぜひ願いを聴いてやってくれ」と二人で来られました。お断りできないと思って、それからまた始めました。その間にもう東京の一つ自由が丘で始めていたのですが、鎌倉で始めたのがまだ続いておりまして、もう十五年近くになります。でも少しも飽きません。読めば読むほどおもしろい。これはすごいことだと思います。

『源氏物語』のおもしろさは筋立てだけではありません。そこにある文化のおもしろさです。源氏の恋文は美意識のかたまりのようなものでして、その色の選び方から字の書き方から添えてある折り枝の色から、届ける折とかそれに返事をどうするかとか、いろいろなことの美意識が一つ一つにあるのです。だからただ筋を追っているだけなら男と女の物語というようになってしまいますが、それだけで『源氏』を読むのはつまらないと思います。やはり王朝という時代がかもしだしているすばらしい日本の文化を、少しでも私たちが継いでいかなければならないのではないかと思っております。

晶子の現代語訳

日本の文化を受け継ぐという面でも、晶子の現代語訳は、先見の明があったというか、大切なことだと思います。「明星」のように新しい短歌を目指したところで古典を非常に大事にしています。『和泉式部集』もやっていますし、『栄花物語』など、いろんなものをやっています。それにのっとって先年、『栄花物語』の現代語訳を「歌壇」に連載しましたが、難しいです。面白く書くことができません。失敗作だと思ってまだ本にしておりません。そういう努力の先鞭をつけたのはやはり晶子なのです。『源氏物語』一回目の『新訳』のときに彼女が書いているのを読みますと、「私は本居宣長以外はだれの意見も聞いていない」と言っています。「私の感受が一番大事だ」と堂々と宣言しています。もっとも『新新訳』ではもっと謙虚な言葉を述べていますが、そういう気負いがあって書いただけに『新訳』は非常に勢いがあります。若さに任せて強引なところもありますが、勢いがあります。私は『新新訳』よりも『新訳』の方がかえって好きです。ずいぶん略していますし強引な解釈もあるのですが、誰もそれを無視できないだけの力量が充分にあると思っています。

古典講義をしていたのが明治四十二年ころですが、その頃小林天眠から申し出がありました。後に天佑社という出版社を始めた小林天眠が、たぶん子沢山の鉄幹ご夫妻の生活を見るに見かねたのではないかと思えますが、申し入れがありました。一ヶ月に四十枚ずつ書く。代りに晶子のほうからの申し入れですが、月に二十円ということです。今だったらどれ位のことになるのかよくわかりませんが、お子さん達がたくさんいた時代ですから。当時の初任給は五円にも満たない位だったでしょう。それで引き受けたのですが、その翌年の四十三年頃から、今度は金尾文淵堂からまた『源氏』の口語訳をという申し出がありました。これも引き受けているのです。小林天眠の方は経済的に助けるという意味もあったと思うのですが、金尾文淵堂の金尾種次郎という人はずいぶんいろんな本を出しています。当時非常に力がありました。そこから書いてほしいと言われる。片方で天眠のをやりながら四十三年頃から文淵堂の方の仕事をしています。晶子の書いたものを見ますと、大正年間になってから天眠の方に手をつけたように書いてはいるのですが、実際にはもっと早くから手をつけていたようです。四十三年頃から書き出して大正二年十月に『新訳源氏物語』が完成しています。これは菊版四冊一八一九ページ、かなりのものです。これは逐語訳ではありません。『新訳』も逐語訳とは言えませんが、この『新訳』は逐語訳ではなくかなり省略の部分があります。

『新訳源氏物語』が完成したのは大正二年十月です。一方で小林天眠からの願いも決して退けてはいません。大正四年四月頃の記録で見ますと、六十数ヶ月分お金をもらっています。天佑社に行った原稿は十八回目になっています。天眠の方は、絶対に原稿を取ろうという態度ではなかったのではないかと思います。そこが天眠の偉いところです。やはり裏で支えてくれる人がいるということが晶子にとっては非常に大事なことで、晶子も感謝の言葉を何度も述べています。これがなかったら暮らすのも大変だったのだろうと思います。その頃の文章の量はものすごい。ただ書くだけではなくて、童話を書いたり小説を書いたり、もう、八面六臂です。本当に女神様ではないかと思うくらい力のある人だったように思います。

大正七年、天眠が言い出してから十年目に半分完成しました。その翌年、その頃は天佑社という会社をやっていて結構いい本を出していたのですが、ちょうど経済パニックがありました。いわゆる金融恐慌のあおりを受けて天佑社もつぶれ、解散します。その半分までの原稿はどうなったかというと、鉄幹が預かって自宅に持って帰りました。天眠にとってはただ毎月二十円を払ったということだけになってしまう。それでもやってくれたということは、懐の深い人だったと思います。

五十五歳からの『源氏』全訳

その頃与謝野家は富士見町の方に越していました。原稿をその自宅に置いておくのは心配で、文化学院に頼みました。文化学院で保管することになりましたが、文化学院ではボール箱か何かに入れて机の下に置いてあったそうです。そこに起こったのが関東大震災。それで全部灰になってしまいました。大変な時間と労力をかけたものが全部灰になってしまった。その時までに出来ていたのは「宇治十帖」の前までです。「竹河」まではできていたということです。富士見町の自宅は焼けずに残ったのですから、もしそこに置いていたら残ったのです。ところが文化学院に預けたために全部燃えてしまいました。

燃えたので「幻の源氏物語」などと言われるのですが、『新訳』はすでに出ていました。これは非常によく売れていました。次の「幻の源氏物語」が灰燼に帰しました。その後、昭和七年になって晶子はもう一度全訳を思い立ちました。五十五歳の時でした。五十五歳で全訳です。大変な力だと思います。それを思い立ってやり始めるのですが、一度左前になっていた金尾文淵堂がまた復活してそこで出したいということで出すことになります。

その途中、昭和十年の三月に寛が亡くなりました。夫が亡くなった後はしばらくは書けなかったようです。そのときの歌に

源氏をば一人となりて後に書く紫女年若くわれは然らず

という歌があります。「紫女」というのは紫式部。紫式部は夫が亡くなってから『源氏物語』を書いた、紫式部はまだ年が若かったけれども、私はもう年なのだ、という感慨を述べたものです。この後、気を取り直して残りのものを書き始めました。ちょうど『谷崎源氏』が十年の九月ころから執筆されています。それに触発されて、自分の源氏を書こう、という強い意志があったのではないかと思います。『谷崎源氏』の方は大きな会社から出ましたし、宣伝も行き届いていましたからよ

く売れて、我が家でも母も姉も一生懸命読んでいたのを覚えています。

当時は戦前で軍部が目を光らせ、皇室に対する尊厳を失うようなことは一切認めない、うっかりすると牢屋に放り込まれるような時代でした。ですから藤壺と源氏の恋愛関係というようなことは飛ばしているのです。そこを書いてあるところは抜けています。私が東京女子大に入ったのは昭和十九年ですが、やはり『源氏物語』の講義の中で、「このへんのことは原典を読んでおいてください」と先生は飛ばしてしまいます。それほど『源氏』に対しても圧力のある時代でした。

一方、『源氏物語』は非常に神聖視されているところがあります。学者たちも、うかつに手をさわるな、と言うような、そういう気風が戦前にはありました。

晶子にとってもその頃は書くのは大変だったと思いますが、谷崎と違って晶子はその点もきちんと書いております。短歌は五行書きです。面白いのは手紙を候文で書いたりしております。そういうところにも工夫があります。これができましたときに、最後の頃には清書がなかなかできなくて、末娘の森藤子さんがずっと清書を手伝っておられたそうです。

そうやって出来上がったものが、十三年十月から十四年の九月にかけて文淵堂から『新新訳源氏物語』として出たわけです。これは四百字詰で大体三千五百枚くらいです。五十五歳から三千五百枚と簡単に言いますが、大変なことです。一度活字になってしまったらなかなか取り返しのつかないという怖さはありますし、晶子の場合は短歌などは「明星」に発表したのと歌集に入れたのと違う場合が多く、ものすごく手を入れています。最後に元に戻すなど非常に手を入れております。

晶子は自分の書くものに対して満足しなければ発表しないという非常な執着を持っていたと思います。それだけにやはり『新新訳源氏物語』というのは大切なものだったのでしょう。

今度この講演の話をいただいてから少し触り直してみました。全部はとても読めません、やはり『新訳』の方が読みやすく、私にとってはフィットするようなところがありました。『源氏物語』そのものが、後ろの方に来ると非常に長い。そこをつまんである点もあるのかも知れません。

『源氏』をお読みになる場合、原文を声を出してお読みになるといい。これは物語でして、文章が脈打っています。だから例えば新潮の『日本古典集成』などはハンディーで読みやすいのですが、ただ読んで、「あっ、そう」なんて読まないで、声を出して読んでみると、一ページに「。」が全然ないところがあります。「、」は適当に付いていますが、文脈がずうっと続いて一番最後に「。」が一つ付いている。昔は「、」も「。」もありませんから、そういう古い仮名だらけのものをお読みになりたければ、池田亀鑑先生の『源氏物語大成』があります。それは読めませんからせいぜい岩波の『古典文学大系』とか『集成』とか、そういう活字本でお読みになったらいいし、昔のように例えば「いつれのおほんときにか」と読まなくても「いずれのおおんときにか」と読んでいいんです。だから今風に読んでかまわないから声に出して読むとずっと身近に『源氏物語』が感じられるのではないかと思います。晶子が好きな方は『新訳』でも『新新訳』でもお読みになったらいいけれど、せっかくの『源氏』千年紀です。しかも口語訳に一番早くきちんとしたものを付けた与謝野晶子の功績をもう一遍見直すつもりで、是非読んでいただきたいし、原文にも触れていただきたい。「桐壺」の初めだけでもいいですから触れてみると楽しいと思います。

古典は五十歳過ぎなければわからないと私は思っています。

私が古典に触れた女子大の頃は教科書も手に入らなくて、『堤中納言物語』などは先輩から本を借りて写しました。だからほとんど覚えているというようなものです。それほど本のない時代に生きてきましたので、今皆さんがこうしていろんな活字で平気で読めるありがたさを是非身に染みて感じてほしいなと思います。このまま読まないでおくのは勿体ない。是非読んで欲しいし、それがまた晶子の気持ちでもあろうかと思います。『新訳』『新新訳』に触れたら、次は原文を読んでみようか、と思っていただけたらいいなあと思います。

昭和十三年から十四年九月に出ました『新新訳源氏物語』、谷崎源氏が出たのが十四年一月ですから、重なっています。やはりある種の対抗意識があったかもしれません。それがまた彼女を五十五歳から奮い立たせたという原動力だったかもしれません。これもすばらしいことだと思います。結局三千五百枚余りを仕上げた後、翌年に倒れます。二年後に亡くなってしまいます。ほとんど『源氏』に賭けていたのです。

五十五歳になってからの気持ち、よくわかります。私も実際に古典のことを書き始めたのは『源氏物語』に触れるようになってからなのです。

私は三十歳代に、アメリカのボストンにしばらく居りました。その時に初めて日本語はきれいだと思いました。この感性的言語を学び直すには古典がいいと思って帰ってきました。初め独学で挑戦してみましたが、とても昔の学力では追いつかないと分かりまして、松尾聰先生という怖い先生につき、十六年ほどお世話になりました。なにしろ戦争中に古典をやっているくらいですから、何も知らないのです。先生のお宅や教室に行って一字一句ずつ教えていただくうちにのめり込んだというか、その世界に引っ張り込まれたというか、一つずつ学びました。

『源氏』からのメッセージ

私が『源氏の薫り』をなぜ書いたかと言うと、そこに漂っている香りはどういうものだったのだろうということから調べ始めたのがきっかけなのです。「恋文」についてもそうです。恋文というものが出てくるけれども、これは一体どういうふうな紙で、その紙はどうやってどこで作られたのか。色はどうだったのか。疑問だらけです。そういうものを書いた本がなかったものですから、結局『源氏の恋文』が生まれ、『源氏の薫り』が生まれ、『源氏の明り』が生まれたという順序でした。飽きないのです。

五十を過ぎても飽きないものは古典ではないでしょうか。古典に触り始めると次々と読むようになるのです。例えば『源氏物語』は非常に用語例が多い。だから、これは晶子も書いているのですが、『源氏物語』を読めば他のものは全部読めるようになる。本当にそうなのです。私もそうでした。『源氏物語』を全部読む場合、その間に例えば『和泉式部日記』とか『更級日記』とか『蜻蛉日記』とか『栄花物語』とか、どうしても読まなければならないので全部読みます。皆辞書なしで読めます。用語例が多いということもありますが、その言葉の意味をきちんと身に付けておけば古典は非常に楽に読めます。千年前でも人間の心理なんて同じですから。男と女の心理の遣り取りなどはそっくりです。老後のためにも読んでいただきたい。絶対飽きません。晶子自身が他は何もなしに全部読めたと書いています。私も実感として知っていたので本当にそうだろうと思いました。そのためには『源氏物語』をぜひ触ってみてください。せっかく千年なのですからこれをチャンスにしていただきたいものです。

晶子自身には『源氏物語』の一巻一巻についての歌があります。創作とは言えないですが、自由自在に言葉を扱って「桐壺」から最後の「夢浮橋」までの歌を作っております。一巻一巻について巻の名を使った歌を作るというのは、室町より少し後の三條西実隆公などもやっています。その系列を調べたら面白いだろうと思います。そういう『源氏』が支えてきた世界を知るというのは私たちにとってものすごくいいチャンスではないでしょうか。

源氏香のこと

本日、「源氏香」の話を聞きたいという話がありました。少しだけ触れてみましょう。

「源氏香」というのは、縦五本の線を引いて、上をいろいろにつなげた図柄で、「香の図」とも申します。もともと香道から出たものなのです。江戸時代にできたもので、『源氏物語』の中で香道があったわけではないのです。

「梅枝（うめがえ）」の巻で、明石の姫君を入内させるに当たり、いい薫物（たきもの）を持たせたいために、自分の女君たちに頼んで光源氏がいいお香を作らせるところがあります。当時のお香は今の香道のように香木を焚くのではないのです。練り香です。「源氏香」というとその頃から香道があったのかと思われる方が多いのですけれど、実はそうではありません。

『源氏物語』の頃に漂っていた香りは「薫物（たきもの）」と言います。「黒方（くろぼう）」「梅花（ばいか）」「荷葉（かよう）」「侍従」「落葉」「菊花」を「六種（むくさ）のたね」と言います。大体室町頃に六種が決まったのでしょうが、『源氏物語』の中ではそのうち「黒方」、「梅花」、「荷葉」、「侍従」の四種類と「薫衣香（くのえこう）」「えび香」などが出てきます。「梅枝」ではその「六種」の中の四種と「薫衣香（くのえ）」を作っています。

これらは季節に関わっておりますが、「黒方」というのは中国直輸入だと思いますが、「黒方」の

「方」とは、薬などの調合方のこと。「黒」は北を表します。だから冬です。「冬の香」ということです。今ではお香屋さんで初春の香で売っていますが、本当は冬の香です。「黒」は北を指し、方角から言うと真ん中に黄色があって北が「玄武」で亀がいて、「くろ」です。「玄関」というのも「北の関」と言う意味で、玄関は北向きに作るのが本格なのだそうです。家相から言うと。南は朱雀門の「朱」で、「夏」、お香では「荷葉」を言います。「荷」とはハスです。蓮の葉の香り、これは「安息香」と言ってすっとした香りが入れてあります。夏のさわやかな香りがしております。それから、春は「梅花」で梅の花、秋は「侍従」です。

こういうものが、『源氏物語』の中に薫っているのです。後になると「六種のたね」という後小松院のお書きになったものが残っていますが、その頃になると、菊の花びらをいっぱい置いてその上に懐紙を敷いて、いろいろ合わせた香の粉を置いて菊の香りを染ませて作るとか、いろんな秘法が出てきます。秘伝・口伝というのが多いのです。むかし藤原範兼が書き残している『薫集類抄』という唯一の薫物の本があります。ちょうど後鳥羽院の頃です。それのとおりに作ると全然いい香りがしません。今風に作らないと今の香りにはならないのです。何か秘法口伝が別にあったのでしょう。

『源氏物語』に出てくるのは全部、練香です。時代が下がり『五月雨日記』（足利義政の時代です）、この時あたりはまだ「薫物」です。秀吉や信長の頃になると、お香を非常に大切にします。戦国時代です。なぜか。私が思いますに、血なまぐさい戦いから戻ってきた時にお香を焚くことで、心を清らかにして、同時に血腥い臭いを消すというようなことがあったのではないでしょうか。お香は武将の間で大事にされるようになります。そこに佐々木道誉という、婆娑羅大名などと呼ばれる、ある種のモダン大名が出て来ます。佐々木道誉はいい香木をたくさん集めています。そして、練香よりも直接的に、香木の破片をくゆらすようになるのです。このころから香道ができてきます。「道」と付くのは室町以降だと言います。華道・茶道・香道などがそれです。「源氏香」もそれより後、これができあがったのは、溯っても江戸時代の享保年間より少し前あたりでしょう。それより前ですともっと小さい形はありますが。これだけきちんとできたのはやはり享保年間くらいだと思います。これはお香木を焚く方の「香道」のやり方です。

なぜ「源氏香」と呼ばれるかというと、それは文化的背景として、『源氏物語』が大事にされていたからです。当時の文化人は茶道もすればお香もする、連歌も作りました。連歌師も多かったのです。堺にも関係がありますが、牡丹花梢柏などの人たちがこういうお香道の形を次第に洗練していくわけです。「『源氏』を見ざる歌詠みは遺恨の事なり」と藤原俊成卿が書き残していますが、それが連歌師の間で非常に大事なこととして『古今伝授』などと共に伝わったのでしょう。『源氏物語』が非常に大事にされていたのです。

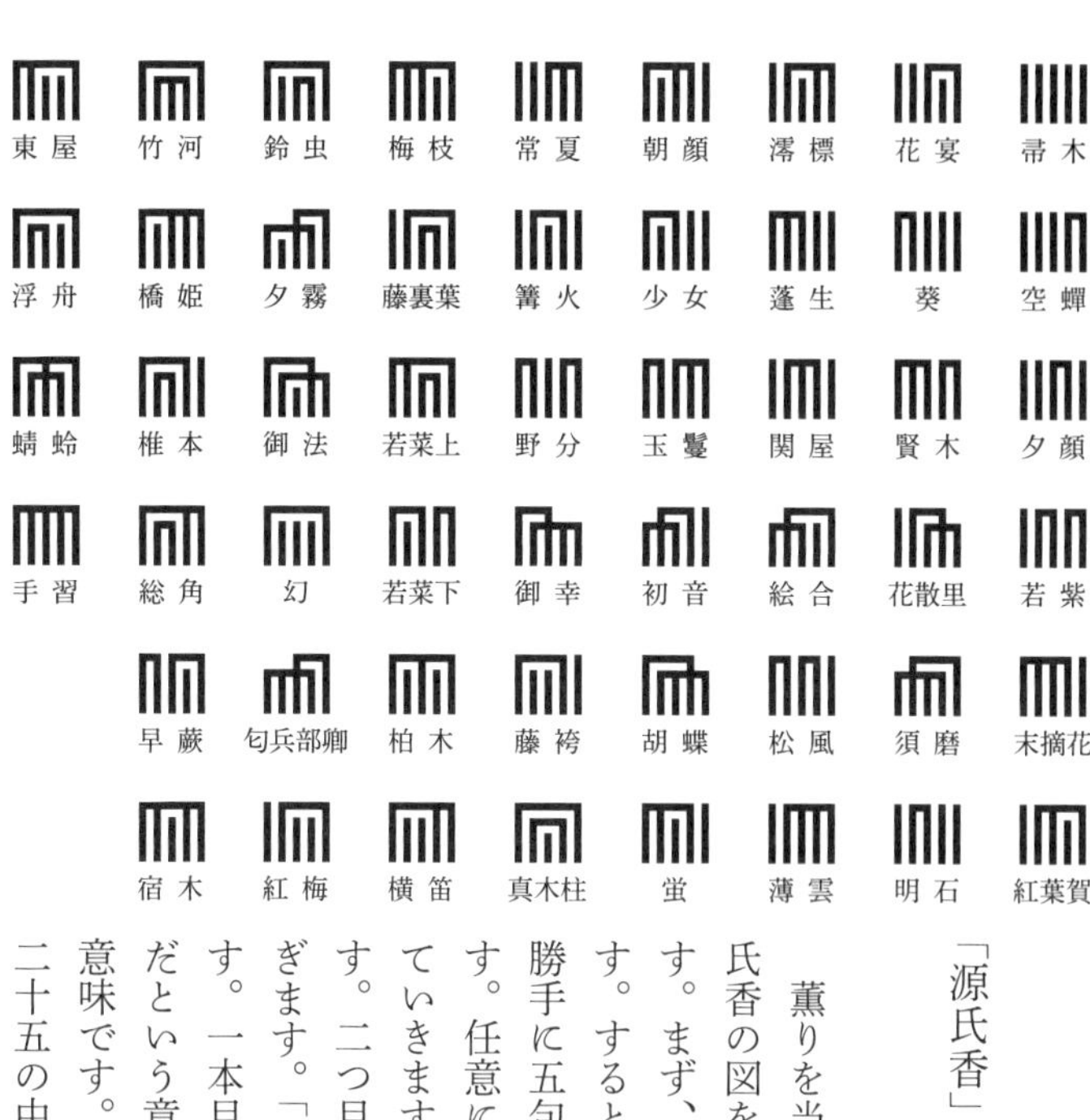

「源氏香」の遊びと図柄

薫りを当てる遊びの一つが「源氏香」です。源氏香の図を見てみましょう。五本縦に並んでいます。まず、お香の包み五種類を五包ずつ作るのです。すると二十五包です。その中から全部混ぜて、勝手に五包だけ取ります。あとは別にしておきます。任意に選んだ五つ、それを次々に焚いて聞いていきます。紙の上に右の方から一本目を縦に記す。二つ目を聞きます。同じ香りだったら上を繋ぎます。「空蟬（うつせみ）」がそうです。上が繋がっています。一本目と二本目は上が繋がっています。同じだという意味です。それから後三本は違うという意味です。五種類の中で何が出るか分かりません。二十五の中から取ったのですから。すると、五の最小公倍数は五十二ですから、組み合わせは五十二通りあるはずです。そうすると「帚木」のように一炷目二炷目三・四・五炷目が全部違うと上に繋げませんから、「これは帚木だな」と分かる。「源氏香」の図と合わせれば分かるわけです。一番最後に「手習」があります。これは上が全部繋がっています。これは、五炷出たのが全部同じ種類だということです。ありうるわけです。それを当ててその巻名を書いて当たったか当たらなかったかというのを皆で楽しむのが「源氏香」です。

この図形そのものはそのうちに段々一般化してきて、模様・図柄として非常に大切に扱われるようになります。古くから饅頭の上の焼き印とかお茶の缶などにこういう「源氏香」の柄が付いていたものがよくありました。それはこういう「源氏香」の図から来ているのです。

右上から下に読んでいきます。ここには五十四帖はありません。最初の「桐壺」と最後の「夢浮橋」がないのです。五種類の香を焚いていますから五十二通りしか組み合わせができないのです。実は江戸時代には無理に作ったのがあります。上と下が繋がっていて変な形のものがあるにはあるのですが、実際はないのが本来です。「源氏香の図」というのがあります。お香屋さんに行けば見られると思います。多くは折り本のお経仕立てになっていて、開いた所に、「桐壺」は軒端の絵が描いてあります。御殿の絵で側に桐が咲いています。巻末の「夢浮橋」は雲があって赤い橋が架かっていたりします。それには香の図は付いていません。

「帚木」は五種類全部違う。「空蝉」は一と二は同じですが後の三種類は別だと言ううちはいいのですが、下の方に行って「紅葉賀」などになりますと、一炷目と三炷目と四炷目は同じで、二炷目と五炷目は別、となりますと、その間に入る線が短くなります。これはなかなか格好いいと思います。左上に行って、「花散里（はなちるさと）」になりますと、一炷目と三炷目は同じ。二炷目と四炷目は同じで五炷目は別。そうするとこういうふうに、長短が交差した形になる。この形に決まっております。形としては「花散里」もいいけれど、柄として使うと例えば「篝火（かがりび）」などは模様としてはきれいではない。なんとなく、あまりに幾何学的になり過ぎて。ところが「御幸（みゆき）」などはきれいですし、好みによるのでしょうが、少しからんでいる方がよかったりもいたします。形には裏と表があるのですが、そこまで考える必要はないと思います。

香の図は「源氏香」とも呼ばれていますが、呉服屋さんに行きまして「源氏香の図柄にして」と言いますと「どれがいいですか」とそういう図帖を出してくれます。江戸時代になりますとそれに吉凶が付いてしまうのです。吉の柄と凶の柄。「御法（みのり）」は格好いいのですが凶だからあまり使えないとか、お弔いの時は使えるけれどというふうなことがあります。頼む時注意した方がいいかも知れません。たいていの呉服屋にはそういう図帖がありますから相談するといいでしょう。

私は「源氏香」の柄がわりと好きです。江戸時代にできた物ですが、それまでの平安期からずっとあった日本の文様はほとんど曲線が多い。例えば立涌（たてわく）とか、立涌（たてわく）の間に菊が入っていたり。直線でしたら業平菱などは菱形で直線ですが、こういう幾何学模様というのはわりあい少ないのです。しかもほとんど正方形みたいです。日本の文様としては珍しいのです。これはなかなか江戸時代の人にはフィットしたらしく、柄としてはやりました。

「源氏香」というのは非常に難しいお香かといえば、決してそんなことはありません。二十五から選ぶというだけで、聞き分けることはそんなに難しくない。だから「源氏香」と言ってもそんなに大変なお香道だと思わないで、初歩的なものですからお香屋さんなどで、そういう香道の教室があればぜひ一度加わって御覧になると「源氏」の絵巻の巻名などを覚えるのに役に立ちます。安心して参加されたらいいと思います。

おわりに

戦前は子供の本にすごくよいものがありました。『少年平家物語』『少年源平盛衰記』とか、結構いい本がありまして、その中に『少年源氏物語』というのがありました。金蘭社というところから出ていて、とてもおもしろくて私の愛読書でした。戦争中、藤壺と光源氏の、継母と息子との恋というようなことも教室では口にできない時代、教授が「そこは原文で読んでおいてください」と言われてもみんなには分からない。私は『少年源氏物語』を読んでいたために全部理解できました。その本では、母の顔を知らない少年が、継母が自分の母親にそっくりだということを聞かされ、その慕う気持ちがだんだん恋に変わってしまう、そして遂に過ちを犯してしまう、というようなことをさりげなく、子供にも分かるように書いてありました。

子供に対する本は今はどうなっているのでしょうか。テレビとか劇画とかばかりで刺激的なものが多いけれども、やはり少年少女が読む伝統というのをあまり切らせたくないという気がしきりにいたします。それがあったので多分私は戦争中でも『源氏』に近付けたと思います。あの頃は本当に『源氏』の原文が手に入りませんでした。図書館から借りるのは北村季吟の『湖月抄』であったり、『古典全書』というのがありましたが、上級生が皆借り出していてなかなか私のところには入らない、というようなことがありました。

空襲があると、その頃、中島飛行機工場が大学構内に疎開して来て、私ども学生も油まみれで働いていたのですが、空襲警報になると地下室に逃げ込みます。それは光が横から入ってくる半地下でしたが、その時に『源氏』を読んでいました。

私も、今考えると「朝(あした)に知れば夕(ゆうべ)に死すとも可なり」というような感じで『源氏』を読んでいましたので、その頃読んだところは忘れられないのです。そういう思いで『源氏』を読んだ世代です。光源氏といってもただ男と女の話でいい目に遭っている人とはとても思えなくて、やはりあの頃読んだ『源氏』の印象というのは、とても純粋な感じを与えてくれたように思っております。どんな世代であっても、ぜひともこの機会に『晶子源氏』でもいいし、原文でもいいですし、私の『新訳源氏』でも結構ですから、触れていただきたいと思います。

ご清聴ありがとうございました。

「与謝野晶子倶楽部」二〇〇八・一〇

跋

このところまた、与謝野晶子をめぐる研究とその成果に、光が当たりはじめたようで、その傾向を喜んでいる一人である。私自身はとくに晶子に入れ込むということはなく、むしろ、明治時代以降、短歌革新の大きな素因として、女流歌人とよばれる人々の業績を追って来た、という経緯もあって、九条武子、柳原白蓮、三ヶ島葭子などについて、主として短歌誌に執筆して来た。その中で、当然、晶子、山川登美子、ひいては鉄幹、子規などを含めての近代短歌を主として追っていた時期があった。

今回、晶子を中心とした旧稿をまとめることになったのは、現在の知識に到るまでの探索の筋道を知っておいてほしいという意図もあった。

例えば、現在は当たり前になっている「明星」初期のカット絵が、アルフォンス・ミュシャの丸写しであったことを発見したことは、私にとっては衝撃的な一件であった。

全図カラーの『アルフォンス・ミュシャ』の豪華本（学習研究社）が出たのは昭和六十一年だっ

たと思うが、この本を漸く入手してページをめくっていたとき、私は「明星」初期のすばらしいカット画が、じつはミュシャの丸写しであるのを知って衝撃を受けた。一条成美の表紙絵やカットが、アール＝ヌーヴォーの影響下にあることは、当時から常識だったが、ミュシャの模写だとは、誰も指摘していなかったのである。そのころ私は放送作家として日本TVの脚本を書いていた。社屋の丁度真向いに、そのころ「短歌研究」社を引き取っていた小野昌繁氏の邸があって、編集部もそこに置かれていた時期である。編集長は東大仏文科出身ときくのに一代を短歌研究に尽くした押田晶子氏。私は重い本を抱えて、押田さんの所へ押しかけて、この発見を告げたことも、昨日のことのようになつかしい。

また、最後部の、金窪キミさん、堀口すみれ子さんとの鼎談は、実際に晶子に教えを受けた金窪さんの実見談であり、堀口大學氏の愛嬢すみれ子さんの話を含めて、実際の晶子を知る身近かな味があろうかと思う。すでに金窪さんは亡くなられたが、すみれ子さんの快諾を得てここに収録できたのも有難いことである。

実見談といえば、以前「短歌」に連載して一冊となった『恋ごろも――明星の青春群像』（角川選書）を書いていた頃は、まだ晶子の末娘さんである森藤子さんがご存命で、しかも湘南に住んでおられ、私宅に二度も足をお運び下さって、晩年の晶子について語って下さったことも、まことに忘れ難く、うれしいことであった。

実のところ、この書はすでに印刷に入って校正にかかる処まで来ていたのに、出版が三、四年遅れてしまったのは、まことに当方の勝手で、というのも、夫に次いで一人娘を亡くしてしまった私自身、一冊分の拙稿を読み直す意慾を失くしてしまったのが大きな原因であった。

永い間、私のわがままを許容して待っていて下さった青磁社の永田淳さんには、ほんとうに心からのありがとうを申し上げたい。すでに収録した文章よりも先に進んだ研究もあるのは当然として、どういう処から研究がはじまり、どうのり越えていったのかを、一読して頂くのも意味のないことではあるまい、と決意して、いまここに、探究の軌跡としてこの一冊を送り出したいと思う。

永田淳さんへの感謝と共に、いつも私の著作を緻密に支えて下さる編集プロデューサー平塚恵子さんに対し、永年に亙ってのご助力に心から感謝したい。

尾崎　左永子

二〇一七年十二月

青磁社評論シリーズ③

「明星」初期事情　晶子と鉄幹

初版発行日　二〇一八年一月二十八日

著　者　尾崎左永子

定　価　二八〇〇円

発行者　永田　淳

発行所　青磁社

京都市北区上賀茂豊田町四〇－一（〒六〇三－八〇四五）

電話　〇七五－七〇五－二八三八

振替　〇〇九四〇－二－一二四二二四

http://www3.osk.3web.ne.jp/~seijisya/

装　幀　上野かおる

印刷・製本　創栄図書印刷

ISBN978-4-86198-399-3 C0095 ¥2800E